TAKE
SHOBO

トリニティマリッジ
愛されすぎた花嫁姫

麻生ミカリ

Illustration
アオイ冬子

蜜猫
MitsuNeko

トリニティマリッジ　愛されすぎた花嫁姫

contents

イラスト／アオイ冬子

トリニティマリッジ

愛されすぎた花嫁姫

プロローグ

例年より遅い春の息吹がオルミテレス王国の全土から感じられるようになったとある午後、王太子ザカリーは、枢密院議長のエドワードと、王立護衛軍元帥のブライアンを王宮の南端にある屋上庭園に呼びつけた。

かつて覇王と呼ばれた王ニコラスも、六十を目前に心弱くなっている。半年前に後添えの若い王妃を亡くしてからというもの、最低限の行事以外では国民の前に姿を現すこともなくなった。

そんな時期にザカリーがエドワードとブライアンを招集したとあっては、何やら王国に関する重要な密談をしようとしているふうに誤解されそうなものだが、場所が庭園では締まらない。

何より、ザカリーは父王に隠れて密談をするつもりもなかった。彼は、自分の息子よりもまだ幼い、歳《とし》の離れた異母妹のためにエドワードとブライアンを呼び出したのだ。

「いいかい、クレア。お母さまを亡くして悲しいのはわかるが、いつまでも部屋に閉じこもっていてはいけない。おまえはこの国の王女なのだからね」

赤いベンチに座った、今にも泣き出しそうな表情の少女に、ザカリーは静かな口調で話しかけた。

まだ五歳になったばかりの王女クレアは、小さな両手をきゅっと握りしめて唇を尖《とが》らせていたが、決して不満に思っているのではないことをザカリーは知っている。

彼女は不安の中、必死に王女らしく振る舞おうと努力するあまり、愛らしい顔をしかめているだけ。

青みがかった銀の髪に、こぼれ落ちそうなピンクブラウンの大きな瞳。子どもらしい無垢《むく》な顔立ちながらも、すでに母親譲りの美貌を感じさせる幼き王女。

覇王ニコラスが、五十を過ぎてから征服した小国の美しい王女を後添えに迎えたことはオルミテレス国内でも話題になった。

クレアの両親は親と子よりも歳が離れていたうえ、母親である王妃は前王妃の息子である王太子ザカリーより十一歳も若かったのだ。

ザカリーはクレアが生まれたとき二十九歳、とうに妻を娶《めと》って息子が生まれていた。つまり、クレアには生まれる前から甥《おい》がいたのだ。

「でんか、わたしはいつまでおうじょですか？」

小さな赤い唇を開いたクレアは、兄であるザカリーに尋ねる。

兄妹とはいっても、彼女は兄王子と顔を合わせた回数もこれでやっと片手の指に足りる程度だ。

「いつまで……か。クレアは王女は嫌かい？」

「……おうじょは、おかあさまのところへいきたいと泣いてはダメと言われました。おうじょでなければいい。わたし、おかあさまにあいたいです」

長い睫毛《まつげ》に彩られた瞳が、母親を思い出して見る見るうちに涙で濡れる。目尻にぷっくりと浮かんだ涙がこぼれそうなのを、クレアは懸命にこらえていた。

小さな異母妹を前に、ザカリーは困ったように目を細めて、彼女の頭を撫《な》でる。やわらかな銀髪が剣技で鍛えた硬い手のひらに脆《もろ》く儚《はかな》い。

「おまえはひとりではない。私のことはお兄さまと呼んでいいのだよ、クレア。兄妹なのだから、そんなにかしこまる必要はない。それに、母上が亡くなっても私も父上もいるだろう？」

「はい、おにいさま……」

母を亡くした五歳の王女には、頼れる大人こそ幾人もそばに仕えているが、同年代の友人がいないと聞いている。ザカリーとて、すでに家庭を持つ身。心優しい妻は、息子と一緒にクレアを育てると言ってくれたが、甘えるわけにはいかない。

だからこそ、ザカリーは枢密院議長と王立護衛軍元帥を呼びつけた。彼らをクレアの友人に、という意味ではない。目的は彼らの息子である。

本来ならば、貴族令嬢からクレアと歳の近い娘を選ぶべきだったのだろうが、いかんせんもっとも年の若い娘でも十五歳、それより年長の令嬢は皆すでに結婚し、婚家で暮らしている。

そこでザカリーが目をつけたのが、枢密院議長エドワードの息子であるサディアスと、王立護衛軍元帥の息子であるノエル。それぞれ十一歳と十歳の少年たちだった。

「母上に会いたい、か……。私の母も、十歳のころに病気で亡くなった。だが、おまえは当時の私よりももっと幼いのだな」

頭を撫でられながら、クレアはよくわからないと言いたげな目でザカリーを見上げる。

王女という立場も、王宮に住まう身分も、彼女にとってはまだ理解できないのだろう。それでも自身が現在孤立しかけていることは敏感に察知する。子どもは周囲の大人たちの感情の流れを肌で感じることができるものだ。

「でん……お、おにいさま、あの……」

クレアがザカリーに話しかけたそのとき、屋内へ通ずる扉がノックされた。室内から室外へノックをするのは不思議なものだが、そこにいるのがオルミテレスの王子と王女なのだからそれも当然だ。

「失礼いたします、殿下。枢密院議長どのと元帥どのをお連れいたしました」

侍女ではなく、軍服姿の兵士が敬礼姿勢で告げる。たしかに、こうして他者がザカリーを呼ぶのを聞き慣れていればクレアが兄を殿下と呼ぶべきと思い込んでいたのも至極当たり前である。

「通せ」

「はっ！」

ベンチに座っていたクレアは、びくりと身を硬くした。

彼女の生活には、父王以外の男性が登場しない。その父も、母亡きあとは葬儀以外で顔を合わせていなかった。

「怖がることはない。堂々としていればいいのだよ、クレア」

「は、はい、おにいさま……」

ベンチから立ち上がろうとするクレアだが、自力で座れずザカリーに抱き上げられて座ったので、そもそも足が地面につかない。ばたつかせた両足が宙を蹴り、ドレスの裾が風を受けて膨らむ。

「よく来てくれたな、エドワード、ブライアン」

客人のもとへ歩いていくザカリーの背を見つめて、クレアは置いていかれる不安からいっそう足をやみくもに蹴り上げた。しかし、つま先が地面に届くこともなく、彼女の小さな体はバランスを崩した。

「あ……っ……」

危ないと思ったときには時すでに遅し。

クレアはベンチから落ちて、屋上庭園の石畳に両手をついた。

大人たちがクレアに気づいて駆け寄るより早く、小さな金色の影が駆け抜ける。

「だいじょうぶ？　痛くない？」

少年の声に、クレアは狼狽《ろうばい》しながら顔を上げた。

彼女の日常に、子どもは自分以外存在しない。父、亡くなった母、侍女、王宮執事、護衛軍の兵士、誰もが大人だった。

視線の先、クレアの瞳は金髪の少年をとらえる。

やわらかなくせ毛はタンポポの綿毛を思わせ、緑色の瞳が心配そうにこちらを窺《うかが》う。けれど彼の唇は、瞳とは裏腹に明るい笑みを浮かべていた。

しかし、次の瞬間、彼の頭頂部を小さな拳が殴りつける。

「いてっ！　なんだよ、何するんだよ、サディアス！」

金色の少年の背後に立っていたのは、まっすぐな黒髪を耳にかけた聡明《そうめい》なまなざしの——こちらも、年の頃は十歳ごろと思《おぼ》しき少年だった。

「空《うつ》け者、貴様は王女に対して礼儀がなっていない」

サディアスと呼ばれた少年は、恭しく石畳に右膝をつくとクレアに右手を差し出す。子どもながらに白手袋をまとう彼の、冷たい印象の水色の瞳に少女は一瞬戸惑いに唇を震わせた。

「おまえこそ女の子相手にそんな怖い顔するなよ。お姫さま、怖がってるだろ」

「ノエル、それは私の顔が怖いと言っているのか？　ずいぶんな侮辱だな」

頭を押さえていた金髪の少年が「ね?」と人懐こい目をしてクレアを覗《のぞ》きこむ。

「こ、こわくない。いたくない……」

何から言えばいいのかわからなくなった彼女は、とにかく自分は平気だと伝えたくて両手を踏ん張り身を起こそうとする。石畳に膝をつき、その場にぺたりと座り込んだ彼女は見知らぬ少年たちに畏縮し、白くすべらかな頰《ほお》をこわばらせた。

――このひとたちはだあれ? おにいさまはどこ?

小さな王女と、彼女を囲むふたりの小さな騎士を見つめ、ザカリーは遠巻きに様子を窺っている。

人見知りで内向的な異母妹のため、彼が友人として招聘《しょうへい》したものの、クレアがどんな反応を見せるかによってほかの案も検討しなくてはいけない。

だが大人たちの思惑など知らず、少年ふたりはクレアに微笑《ほほえ》みかける。ノエルと呼ばれた金髪の少年は屈託ない笑顔で、サディアスと呼ばれた黒髪の少年は少し照れたようなはにかんだ笑顔で。

「お手をどうぞ、クレア姫」

「ほら、両方つかまれば簡単に立てるよ」

左右から手を差し出され、クレアは睫毛を瞬《しばたた》かせた。

「でも、ころんだらじぶんでたちあがりなさいっておとうさまが……」

幼き王女は視線を彷徨《さまよ》わせたのち、顎を引き、石畳に目を落とす。そこに世界の謎が隠されているかのように、じっと心を凝らして見つめたところで、所詮石畳はただの石畳でしかない。

「手を借りたとしても、クレア姫がご自分の足で立ち上がるのですから、なんら恥じることではありませんよ」

サディアスがそう言うと、ノエルが大きく頷《うなず》いた。

「そうそう！　それに、誰かに手伝ってもらうのは悪いことじゃないってオレの父さん言ってたよ。人は助け合うものなんだって」

ノエルの言葉に、サディアスが目を細めてフンと鼻で笑う。

「バカ犬にしては珍しくまともなことを言う」

「サディアス、おまえなぁ……」

ふたりのやりとりに、不安でいっぱいだったクレアの心が急速にほどけていく。

「礼儀がどうとか言うくせに、おまえがいちばん失礼だろ」

「私は必要な相手に対し、必要な程度の礼儀を払う。貴様がそれに値する人間だと思うのか？」

ツンと顔をそらすサディアスも、悔しそうに奥歯を噛《か》みしめるノエルも、なんだかんだ言いながら互いを突き飛ばすような真似《まね》はしない。表面的には対立して見えても、彼らは楽しそうに言い合っている。

「……ふ、ふふっ、うふふふ」

両手を口元にあて、クレアは思わず笑い出した。

彼女の笑い声に、それまで言い争っていた少年たちはハッとして顔を見合わせる。

クレアの長い銀色の髪が風に揺れ、春を映し込んだごときピンクブラウンの瞳が無邪気にきらめいた。

「……クレアが……笑った……⁉」

その瞬間、誰よりも驚愕《きょうがく》していたのは三人の様子を離れて見つめていたザカリーだろう。

もとより内気な王女は、母親を亡くして以来、泣いてばかりだったはずだ。ザカリーとて彼女の笑顔など見たことがない。

「子どもには子どもの世界があるということでございましょう。愚息で力になれることならば、なんなりとお申し付けくださいませ、殿下」

こんなときにも分厚い書物を小脇に抱え、枢密院議長のエドワードが眼鏡をくいっと指先で直す。

「なあに、姫さまならすぐに元気になる。子どもは弱く見えても、大人よりずっと柔軟でしなやかだ。殿下もあまり気にし過ぎはよくありませんぞ」

熊を思わせる屈強な体を、黒い護衛軍制服に包んだ元帥、ブライアンは豪快な口調で言うとザカリーの背を分厚い手のひらでバシンと叩《たた》いた。

右手をサディアスに、左手をノエルに預け、クレアがゆっくりと立ち上がる。

「たすけてくれてありがとう、……サディアス？」

黒髪の少年を見つめ、彼の名を確かめるようにクレアが問いかけた。

「はい、サディアスにございます、クレア姫」

大人顔負けの美しい姿勢の一礼をし、サディアスが目を伏せる。身分の高い相手を正面から見つめ返すのは彼の知る限り礼儀のなっていない所作だ。

「それから、ノエル？」

金髪の少年はクレアが彼の名を呼ぶと、嬉《うれ》しそうにその場で飛び跳ねる。

「そうそう、オレの名前はノエル！　これからよろしくね、クレア姫！」

こちらは無邪気の塊とでもいうべきか、子どもらしい純真さで礼儀なぞかなぐり捨て、顔をくしゃくしゃにしてノエルが破顔した。

「下愚が。王族に対してなんたる口ぶりか」

「え、カグって何？　サディアス、それどういう意味？」

「クレア姫、この屋上庭園には植物がたくさんございますね。あちらに咲く白い花はアネモネでございます」

「ねえってば、サディアス、カグって何ー？」

「黙れ、愚蒙」

「ええぇ、グモーって何⁉」

意味もわからず、クレアは少年たちのやりとりに耳を澄ませる。

ザカリーだけが、異母妹を心配しておろおろしていた。

それは、今から十二年前。

王妃が亡くなって半年後の、遅い春。

クレアとふたりの幼なじみが出会った日のこと。

寂しがりやで健気《けなげ》な幼き王女のそばには、以来ずっとふたりの少年が付き従うようになった。

ひとりは、歴代の枢密院議長を務める才知のバルバーニー公爵家長男、神童と名高いサディアス。

もうひとりは勇敢な騎士の系譜につらなる武術のエザンツ公爵家長男、城下町でも有名なわんぱく少年のノエル。

彼らの運命の歯車は、春の屋上庭園で回り始めた。

第一章

オルミテレスの王宮は悲しみに静まり返っていた。

温厚な人柄で誰からも慕われる王太子、ザカリーとその一家が海外視察から戻ったのは二週間前。帰国後、最初に体調不良を訴えたのは妃殿下ミラだった。

咳《せき》と熱で寝込んだ彼女を気遣い、ザカリーは一日に幾度も寝室へ足を運んだ。数日が経《た》ってもミラの病状は回復せず、側仕えの侍女が倒れ、ザカリーとミラの息子のライアンが寝込んだころになって、王宮医師が危険な事態を察知した。

王太子の健康を優先するため、ザカリーにはミラとライアンの寝室への立入りを禁ずるよう国王ニコラスが手を打つより早く、当のザカリーが発症し、ときを同じくしてミラがこの世を去った。

衰弱しきった妃殿下は、生前のほがらかなふっくらした頬が別人のようにこけていたという。

それから三日が過ぎ、ライアンが二十歳で若き命の炎を絶やし、妻と息子の死を知らぬままに幾度も生死の境を彷徨ったザカリーが五日前に事切れた。

じつにたった十日で、病は王太子一家の命を摘み取ったのだ。

「――我々に残されたのは、クレア王女のみ。幸いにしてというべきか、不幸にしてというべきか、王女はまだ婚約もされていない。さて、どうすべきとお考えか」

枢密院議長、バルバーニー公爵エドワードは王宮の一室に集まった貴族たちを見回した。円卓を囲む貴族の面々は苦渋に眉根を寄せ、誰もが苦虫を噛《か》み潰《つぶ》したような表情をしている。それは、明朗快活な護衛軍元帥のエザンツ公爵ブライアンも同様だった。

「ニコラス王は御年《おんとし》六十八、王位をザカリー殿下にお譲りになることもご検討であったというのに……」

「今も寝台から起き上がれないほど、ご容態は芳しくないのだろう？」

「ああ、だがクレア王女に王位が移ることなど誰も予測しなかった。あのエドワードですら、クレア王女には帝王学を教えていなかったらしい」

オルミテレスにおける王位継承順位は直系優先である。亡き王太子ザカリーが継承一位、次いで歳の離れたクレアが二位だった。

現王ニコラスには男児がザカリーしかいなかったことを考えれば、クレアにも帝王学が教授されてしかるべきだろう。だが、彼女が生まれたときにはザカリーの長男であるライアンがいたこともあり、クレアは王位に就くための学問を学んでこなかった。

「しかるべき他国の王族を婿に迎え、女王として立位していただくというのは……」

「女王に立つには、クレア王女はあまりにか弱くあられるのではないか？」

暗い目をした貴族たちの懸念は、もっぱら十七歳になったばかりの王女に向かう。

それも当然で、オルミテレスの王ニコラスは四十半ばまで精力的に大陸内の他国を制圧してきた。結果、大陸でもっとも栄える王国とし、海の向こうまで名を轟《とどろ》かせている。

大陸全土にわたる影響力を持つ、豊かな国。

ザカリーはニコラスとは異なる手腕で、この国を率いていくだろうと思われていたが、王太子亡き今、十七歳の少女の肩にすべてがかかってくるとなっては、誰もが不安に目を伏せるのは致し方ない。

「他国と言っても、いったいどこの王族を迎えるというのだ。バロウズ王国は、昨年から内乱の噂《うわさ》が絶えぬ。トバス王国には、王女と釣り合う年頃の王子はおらん」

「他国から婿を呼ばずとも、王妹シシィさまの息子のモーリス殿下がいる」

「いや、モーリス殿下は問題行動も多く、今までに幾度もニコラス王から謹慎を言い渡されているのだぞ」

他国を制圧することに心血を注いできたニコラス王だが、伴侶には恵まれなかった。最初の王妃は息子のザカリーが十歳のときに、次の王妃は娘のクレアが五歳のときに、どちらも病でこの世を去っている。

近年ではかつて覇王と呼ばれた激しい気性も鳴りを潜め、病気のため寝台から起き上がれる時間も短くなった王を思えば、ザカリーの死が王国民の心に暗い影を落としたのも当然だ。

「クレア王女が女王となるのであれば、王配は何も王族である必要はあるまい。バルバーニー公爵の息子の……」

「サディアスか！　彼を候補にというなら、エザンツ公爵のご子息もクレア王女と懇意と聞く」

現時点での候補となりうる男性は、クレアの従兄弟であるモーリス、枢密院議長の息子であるサディアス、そして護衛軍元帥の息子ノエル。

そこまでは毎回、話が進む。

しかし誰もが決断をできぬまま、クレア王女の治世に頭を抱えるばかりである。王として国を率いるだけの力が、かの少女にあるものだろうか。

「元帥どの、貴殿のご意見をお聞きしたい」

ひとりの貴族がブライアンに話の矛先を向けた。

口々に杞憂《きゆう》を語り合っていた円卓の貴族たちは、一斉に視線をブライアンに注いだ。屈強な体躯《たいく》、丸太のような二の腕、はちきれんばかりの筋肉を漆黒の制服に包んだエザンツ公爵は、口ひげを指先で撫でると目を閉じる。

「意見と言われてもな、ワシに何を言わせたいのだ。王配が誰であろうと、ワシは王をお守りするに過ぎん。それこそ、エドワードよ、おまえはどう考えているのだ」

白いロングコートをまとう議長、エドワードは眼鏡をはずすとハンカチを取り出してレンズを拭う。眉間には深いしわが刻まれており、そのしわこそがエドワードが長年王国のために聡明な頭脳を日夜酷使してきたことを物語っていた。

「王家に誓いを立てた身なれば、オルミテレス王国のために尽くすのみ。それはここに集まる歴々も同様でしょう。ただし、王女のお気持ちを察すれば、やはりここは――」

エドワードの言葉の続きに、集まった貴族たちは息を呑《の》んだ。

§　§　§

王宮の南端、真上に屋上庭園をいただく二階廊下の突き当たりで、エプロンドレスに身を包んだ侍女のカーラは箒《ほうき》を右手に仁王立ちしていた。

女性にしては長身の、肩幅の広い侍女である。

クレアの側仕えをするようになって十年。東洋の拳法を使うと噂のカーラは、お仕着せのドレスをまとっていても、がっしりとした二の腕や腰回りが見て取れるほどだ。しかし、逞《たくま》しい体つきであってもカーラの体には無駄な贅肉《ぜいにく》はほとんど見当たらない。時代が時代ならば、王宮でおとなしく侍女なぞやるよりも女戦士として活躍してもおかしくないほどだ。

「侍女どの、ご無体なことをおっしゃらず、どうかクレア王女にお目通り願いたい。我が主、レイター公爵の使いなのだ。このままおめおめと帰ろうものなら、私は主になんと申し開きのできようものか」

相対する侍女とは反対にたっぷりと脂肪を蓄えた使者は、ハンカチで額の汗を拭き拭き懇願するも、カーラは頑として首を縦に振らない。

すでに今日だけで、彼女は十人以上の使者を追い返したあとである。

「クレアさまは体調が優れないのでございます。それとも、レイター公爵は使いの者が王女の許可なく室内に入り込み、不敬罪に問われてもかまわないと仰せなのですか？」

「そっ、そのような脅しに屈するとでも……」

脅しではない。カーラは心底、目の前の使者が不敬罪で捕まればいいと願っている。

侍女が守るのは、背後の扉の向こうで途方に暮れるいたいけな王女クレアだ。

兄一家を失い、ひどく憔悴《しょうすい》する彼女のもとに謁見の申し込みが殺到するようになったのは二日前。異母兄を亡くしてたった三日で、貴族たちはクレアとのつながりを強固にしようと――

正確にはなんとかして彼女との縁談をものにしようと画策しているのである。

「レイター公爵は、気落ちしているであろうクレア王女のために国外から砂糖菓子を取り寄せられたのだ。これをお渡しせねば、私は主のもとへおめおめ帰ることなど……」

諦めるという言葉の意味を知らない使者が、無謀にも強引にカーラを押しのけようとしたとき、長い廊下を優雅な足取りで歩いてくる者がいた。

「おめおめ帰ることができぬのでしたら、どうぞこそこそとお帰りになってはいかがですか？王女の部屋に押し入ろうとする暴漢とあっては、護衛軍から身を隠さねば生きて帰れる保障もありませんからね」

口調こそ丁寧だが、その声は地獄の底から響いてきたかのように低く、渦を巻く怒りが滲《にじ》んでいる。

「なっ、何を無礼な……！」

使者はすぐさま振り返ると、声の主を確認して「ひっ」と小さく息を呑んだ。

闇夜を溶かしたごとき漆黒の艶髪《つやがみ》を首のうしろでひとつに括《くく》り、神経質に見えるほどの美貌を眼鏡で隠した青年が、レンズ越しに冷徹な水色の瞳を細める。

足首まである濃紺のロングコートは、彼が神学校で最高学位を修めたことを示している。国内広しといえど、その学位を取得している人間は歴代で十名に満たない。

しかし、使者が怯《おび》えたのは眼鏡の青年のせいだけではなかった。

「護衛軍から逃げる必要なんてないぜ。なんならオレが今すぐとっ捕まえて、牢屋《ろうや》にぶち込んでやるからな。そのほうが手間が省けてオッサンもラクだろ？」

隣に並んで歩いてくるのは、満月を紡いだごとき金髪の青年。こちらのほうが、黒髪の彼より指二本ほど背が高い。明るい声音とは裏腹に、発言内容は危険だ。金の前髪の下からは、翡翠《ひすい》のような緑の瞳がまっすぐに使者を睨《にら》みつけている。

彼は王立護衛軍の黒い制服を身にまとっているものの、シャツの襟元を緩め、着崩した風情がいっそう様になっていた。

「そそそ、それでは私はこれにて失礼つかまつります。侍女どの、この品を王女に。レイター公爵からの贈り物とお伝えくださいぃぃぃ……っ」

無理やりカーラに箱を押しつけると、使者は脱兎《だつと》のごとく逃げ出す。言葉の最後が尾を引き、長い廊下に響いた。

「今日も大盛況みたいだね、カーラ。すごい量の贈り物じゃないか！」

子どものように目を輝かせ、金髪の軍服――ノエルがカーラの足元に積み上げられた数々の品物を見やる。

「こういう場合、盛況というのは誤用だ、ノエル。貴様はいつまでたっても犬以下の土塊《つちくれ》頭か」

フンと鼻を鳴らし、黒髪の眼鏡――サディアスが皮肉げに唇を歪《ゆが》めた。

「犬以下ってのはどういう意味だよ！　おまえ、知らないのか。犬ってすっげえ頭いいんだぜ」

「貴様に比べれば鼠《ねずみ》や兎《うさぎ》も高等生物だ。今すぐ犬に弟子入りして、せめて犬程度の知能を身につけてこい」

「言ったな！　いつかおまえに、オレのことを犬師匠と呼ばせてやる！」

まったく言い返せていない内容だが、なぜか満足げなノエルは胸を張る。サディアスはうんざり顔で軽く頭を振ると、白手袋をはめた右手の中指でくいっと眼鏡を上げた。

「それで――彼女はどうしている、カーラ？」

気を取り直して侍女に向き直り、サディアスが扉の向こうを視線だけで指し示す。

「はい、今日は朝から食事もお摂《と》りにならず、寝室にこもって泣いていらっしゃるようでございます」

先ほどまでいた使者に対するのとはまったく違う態度で、王女の幼なじみのふたりの青年にカーラが事情を説明した。

「どなたにも会いたくないと仰せで、時折泣き声や鼻をすする音が聞こえてまいりますので、クレアさまが抜けだしていないのは間違いないかと」

有能すぎる侍女は、傷心の王女を心から慮《おもんぱか》っているのだろう。カーラの鉄面皮は、わずかに心痛で歪んだ。

「でも、オレらだったら通してくれるだろ、カーラ？」

親しみやすいと評判のノエルの笑顔にほだされたわけではなく、カーラは相変わらず神妙な表情で静かに頷く。

「すぐにクレアさまのお支度をいたします。申し訳ございませんが、しばし応接間にてお待ちくださいませ」

カーラが扉を開けると、積み上げられた贈り物の数々が絶妙なバランスで揺らいだが、崩れはしなかった。

王宮の南端にある、王女クレアの私室。

通常ならば居室と寝室のどちらにも廊下へ通ずる扉があるものだが、箱入り王女に危険がないようにと亡きザカリーが改装させた部屋は、カーラが塞いでいた扉を通らなければ出入りもできない造りになっている。

「のちほど花瓶とお茶の用意をいたします」

目ざといカーラは、サディアスが手にしている花束と、ノエルが持ってきた菓子箱をちらりと見てから王女の寝室へ向かう。

残された貴族令息ふたりは、いとしの王女の侍女がいつもながらに完璧すぎて、軽く肩をすくめて顔を見合わせた。

§　§　§

つい先ほどまで泣いていたとひと目でわかる、まぶたの腫れた赤い目をしてクレアは長椅子に座った。

テーブルを挟んで反対側にノエルが、右手のひとりがけの椅子にはサディアスが腰をおろし、ふたりともじっと彼女を見つめている。

幼い日、初めての友人として亡きザカリーが紹介してくれたふたりの少年は、今やそれぞれに見目麗しい青年へと成長していた。

知的で冷静、それでいて胸に秘めた情熱の垣間《かいま》見《み》えるサディアス。

明るく健康的、いつでも前を向き、何事にも全力で挑みかかるノエル。

クレアにとって、ふたりの幼なじみはほかの何にも代えられない大切な存在だ。

顔を合わせれば文句を言い合っているサディアスとノエルが、ふたり揃《そろ》って様子を見にきてくれた。それだけで、彼らがどれほどクレアを心配してくれていたかは推して知るべしだろう。

黒の喪服に身を包んだクレアは唇をきゅっと引き結び、両手を膝の上で重ねた。

「ふたりとも、心配をかけて申し訳ありません。王女として、本来ならば皆に安心してもらえるよう努めるべきが、あなたたちには迷惑をかけてばかりですね」

つとめて穏やかに、クレアは笑みを浮かべる。長い銀色の睫毛が、まだかすかに残る涙の粒を頬に散らした。

もとより色白の白磁のような肌は、泣き疲れていっそう白く透き通る。腰まで伸ばした銀髪は、何もせずとも毛先だけがくるりとカールし、クレアの華奢《きやしや》な体つきを強調する。

大きな瞳は珍しいピンクブラウンで、彼女を儚げに印象づけるが、外見こそ薄幸の美少女然としていても、クレアは芯の強い女性だ。

これと決めた信念を貫く意志の強さが、こぶりながらも形の良い唇に表れている。

兄一家を亡くしたばかりなのだから、落ち込んでいるのは当たり前だ。しかし、いつまでも落ち込んでばかりいては一国の王女としての責務を果たすこともできない。

自覚したくはなかったが、ザカリー亡き今、自分の両肩に国の命運がかかっている。今までのように王位とは関係ない顔をしているわけにはいかないのだ。

彼女の硬い決意とは裏腹に、やわらかな笑顔でノエルが首を傾《かし》げる。

「なんで姫が謝るんだよ。ザカリーさまを亡くして、いちばん悲しいのは姫と王じゃないか。こんなときに気を張る必要はないと思うよ」

「ですが、わたしが泣いてばかりいては民を不安にさせます。兄のことがあったからこそ、皆のためにできることをすべきで……」

言い終えるより先に部屋の扉がノックされ、先ほどクレアの着替えを手伝ってくれたカーラがティーワゴンを押して部屋に入ってきた。

「姫にできることは、まず食事をすることではありませんか？」

サディアスが足を組み替え、静かな低い声で子どもに言い聞かせるように言う。

聡明な彼は、いつもこうしてクレアに問いかける口調で、彼女が気づくべきことを教えてくれた。

わかっている。民に安心してもらい、この国の行く末を任せてもいいと思ってもらうためには、まず自己管理が何よりだ。だが、この三日ほど食事はのどを通らず、飲み物は涙へと変わるばかりだった。

「さようでございます、クレアさま。ノエルさまのお土産の焼き菓子をお持ちしました。まずはあたたかい紅茶を飲んで、甘いお菓子を召し上がってくださいませ」

大柄な侍女が控えめにクレアの前に湯気の立つ紅茶を置くと、押し殺したはずの涙が滲んでくるのを感じる。

今ここにいるのは、クレアにとって大切な人たちだ。そして、失ってしまったザカリーもまた、異母兄であるというだけではなく恩人のような存在だった。

五歳で母を亡くし、死の概念を理解できないながらも母のもとへ行きたいと泣いていたクレアに、この世で生きるための道標をくれた人。

いつまでもめそめそしていては、ザカリーも安心して神の御下《みもと》へ行けまい。面倒見のいい兄のことだ。もしかしたら、今もクレアを心配しているのではないか。

そう思うと、途端に胸がぎゅっと締めつけられ、息をするだけでのどが焼けるように熱くなる。鼻の奥がツンとして、こらえる間もなく涙がこぼれそうだ。

「そう……、そうですね。わたしは食べて、眠って、健康でいなくてはいけませんね……」

クレアは泣きべそをかく姿を見られたくなくて、慌ててソーサーとカップを持ち上げる。熱い紅茶をひとくち飲んで、わざとらしいのは承知の上、彼女は「あつ……っ！」と声をあげた。

「カーラのお茶は今日もおいしいです。ありがとう」

微笑んだクレアをノエルとサディアスが見つめている。涙も見られてしまっただろうか。だとしても、彼らは気づかないふりをしてくれるはずだ。

ティーポットを手に立っていた侍女は、無表情に頭《こうべ》を垂れる。

「それにしても、すごい貢物だね！　そのうち、廊下がクレアへのプレゼントでいっぱいになっちゃうんじゃない？」

短い沈黙を破ったのはノエルだった。

つとめて明るい声で話しているのだろう彼は、持参した焼き菓子をティースタンドからひとつ手にとると、クロテッドクリームと無花果《いちじく》のジャムを塗り始める。

無骨に見えて器用な大きな手が、こんがり焼けた菓子にたっぷりとクリームを塗る仕草は、どこかかわいらしくもあった。

「そうなる前に、わたしの縁談がまとまるといいのですが……」

少々戸惑いがちに、クレアは肩をすくめる。

貴族たちからの贈り物がどういった意味を持つのか、わからないほどクレアは愚かではない。婚約者も決まっていない王女が王位継承第一位となったのだ。

クレアと結婚すれば、最低でも王配の地位につくことが約束される。あるいは、共同君主になれる可能性もあろう。

婚約を発表するまでの間、相次ぐ謁見の申し込みと贈り物の数々が続くのかと思うと、思わず小さなため息が漏れる。

――結婚なんて、まだ先のことと思っていたけれど、そうも言ってはいられない。わたしでは、国を支えるのに力不足なのだから。

枢密院が連日話し合いをしているのは、クレアの縁談について決議するためだ。彼らは王国の未来を考え、民のためにもっとも良い伴侶を選んでくれる。そうに違いない。

だから、クレアは考えないようにしていた。

彼女の希望など、もとより関係ない。

国のため、民のために結婚するのだと結論づけ、余計な感情を排除するべく思考を閉ざしている。

「どういう意味です、クレア姫？」

そんなクレアの考えに疑問を投じるのは、サディアスの冷たい声だった。

聡明にすぎるサディアスは、いずれ歴代のバルバーニー公爵同様、枢密院議長となることが約束されている。だが、彼は自らの出生に驕《おご》ることなく、勉学に励んできた。研鑽《けんさん》を積み、バルバーニー公爵の手伝いをするほかに神学者としても名を馳《は》せていた。

それほど優秀なサディアスが、クレアの縁談について意味を問うのはおかしな話だ。王家の血統を守るためにも、そして悲しい事件を明るい話題で塗り替えるためにも、一日も早い婚約が望まれるのではないのだろうか。

そこまで考えてから、クレアはひとつの結論に思い至った。彼は、喪も明けていないのに縁談の話題を出した自分に諫言《かんげん》しているのだ、と。

「王太子が罷《まか》り去ったばかりで不謹慎とお思いかもしれませんが、今すぐに結婚をするという意味ではないのです。ただし、婚約だけは早めに披露しておいたほうが良いでしょう」

けれど、クレアが説明をしても、サディアスの眼鏡の奥の瞳にはひどく不満げな感情が渦を巻いて見える。

「仰《おっしゃ》ることはもっともです。……が、クレア姫には結婚したいと思う相手がおいでなのですか？」

いつもは政治や国交の話に興味を示さないノエルまでもが、難しい顔をしてクレアの返答を待っているようだ。何やら空気が緊張して感じられる。

王族の結婚など、政略結婚以上でも以下でもない。帝王学を学んでいなくともわかる、これはただの事実だ。

それなのに、なぜサディアスはクレアの意向を確認しようとしているのか。考えずともわかる。

——サディアスもノエルも、わたしが望まぬ相手と結婚することを危惧しているに違いない。個人としてのわたしの友人である彼らだからこそ、王女ではなくクレアを心配してくれる。

十二年前、ふたりと出会わせてくれたザカリーには心から感謝している。

あれ以降も残念ながら同年代の女性の友人はできなかったが、サディアスとノエルがいてくれればそれでじゅうぶんだ。

「サディアス、ノエル、ふたりともわたしを心配してくれているのですね。でもだいじょうぶです。頼りなく見えるかもしれませんが、わたしも王家の一員です！　王族の縁談がどのような意味を持つかわからぬほど子どもではありません」

ふたりを安心させるためにも、クレアはしっかりとした声で告げたのだが、ますますサディアスの眉間のしわは深くなり、ノエルに至ってはがっくりと肩を落としてため息をつく。

――わたしは何か失望されるような発言をしてしまったのかしら。あるいは、どこからどう見ても頼りないと……？

信頼する友ふたりの表情を暗くしたのが、自分の発言なのは間違いない。

クレアは助けを求める気持ちで、ティーワゴンのそばに立つカーラを見上げる。しかし残念なことにカーラは、目があった瞬間に小さく首を横に振った。

「ど、どうしたというのです！　わたしはそれほど頼りないのですか？　いけないところがあるなら、どうか教えてください、サディアス。言いたいことがあるなら、どうぞ言ってくださ い、ノエル！」

喪服の黒いスカートに細い指を食い込ませ、クレアはすっくと立ち上がる。愛らしいピンクブラウンの瞳が戸惑いに揺らいだ。

「……あのさ、姫。サディアスの質問、ちゃんと聞いてた？」

「は、はい。もちろんです」

うつむいていたノエルが顔を上げ、今度は先ほどまでの姿勢と逆に椅子の背もたれに体を預けてふんぞり返る。王族相手にこんな態度が許されるのは、ノエルの人柄によるものだ。

「姫には好きな男がいるのかって尋ねたんだと思うけど、それに対して『心配しなくてもだいじょうぶです』ってなんかおかしいよね？」

「……それは、その……」

結婚したい相手と言われたときはなんら問題なく聞いたのに、好きな男と言われたとたんクレアは頬をかすかに染めてうつむいた。

クレアには恋愛経験がない。

王宮からほとんど外へ出ることもなく暮らしてきたのだから、当然といえば当然だ。しかも彼女は早くに母親を亡くし、姉妹も女友だちもおらず、いたのは歳の離れた異母兄だけだった。恋愛にまつわる話を耳にすることが少なかったのは何もクレアのせいだけではないだろう。

——好きな男性だなんて、そのようなことを考えたことはなかった。今まで、一度だってサディアスもノエルも恋愛に関する話などしたことがないというのに、なぜ突然そんな話題になるの？

冷静になろうとしても、免疫のない話題のせいか頬が火照る。常日頃、王女らしく振る舞おうと心がけてきたクレアだが、今この局面でいかような返答をすれば王女らしい恋愛談義の返答なのか、正しい回答が記憶のどこを探しても見当たらない。

「…………います せん」

今にも消え入りそうなか細い声を絞り出し、彼女はスカートがしわになるなど考えもせず、ひたすら布地を握りしめる。あまり強く指を食い込ませるせいで、爪が手のひらにあたっているのだが、そんなことも気づかないほどだ。

「それなのに結婚するなんておかしいよ。姫、結婚ってどういうことをするか知ってる？　夫婦になって、一生ずっと一緒にいるんだよ？」

「そっ、そのくらいは知っています！」

「だったら、王女だからとか王族だからとか、そんな理由で結婚を他人に任せるのはおかしいじゃないか」

言われてみれば至極真っ当な意見である。

事実、今までの人生において誰かがクレアに政略結婚をしろと強制したことはない。かつて覇王と呼ばれた父は愛娘《まなむすめ》に甘く、歳の離れた異母兄もクレアをかわいがっていた。少しでも長く王宮に住まわせていたいとの彼らの願いが、十七歳になる今でもクレアが婚約をしていないことにつながっている。

──けれど、それは甘えでもある。わたしには、もう頼るべき兄はいない……。

優しい兄の顔を思い出し、クレアは奥歯を噛みしめた。

ザカリーが継ぐはずだった王位を、なんの努力もせずに継承してしまうかもしれない自分が憎らしい。民のために粉骨砕身していた希望の王子が病ひとつで命を落とし、なんの力もない自分がおめおめと生きながらえているのだ。

「……おかしくても構わないのです。お兄さまが守ろうとしていた国を、わたしが守るためにできることは、そのくらいしかないのですから」

一生ずっと一緒にいる。

顔も知らぬ相手と暮らすのは骨が折れるかもしれないが、いずれは心も通じよう。そう思ってから、クレアは相手が見知らぬ誰かではない可能性に気づいた。

他国の王族を夫に迎える可能性も確かにあるはあるが、それよりも国内の有力貴族の令息と結婚したほうがより安寧を得られるのかもしれない。その場合、相手は目の前にいる友ふたりもじゅうぶんに候補になりうる。

──どちらにせよ、それを決めるのはわたしではないわ。枢密院の皆が検討してくれている。

「クレア姫、あなたは自己犠牲が国を守るとお考えなのかもしれません。ですが、一国の頂点に立つ者に求められるのは流されることでしょうか？」

それまで黙っていたサディアスが、いつもと同じ質問口調で話しかけてくる。彼の問いはたいていの場合、決まった答えを相手に言わせることを前提にしていた。今の場合ならば、サディアスの考える正しい回答は——否、だ。

「いいえ、そうではありません。統率力や人心を掌握する話術が王には必須でしょう。ですが、我欲に走る愚かな王よりは、国を、民を守ることに専念する王のほうが無害なのも事実でしょう」

必要以上に丁寧なクレアの言葉は、彼女を守るための鎧《よろい》だった。

威厳がない、王女らしくないと言われた幼少期、クレアが手本とした相手がサディアスだったため、いくぶん女性らしさに欠ける口調ではある。しかし、誰に対しても分け隔てなく丁寧な言葉で話しかける今のクレアは、十全に王女らしいと言われる。

試行錯誤を繰り返し、彼女は今の自分を作り上げてきた。同様に、これから先の未来においても、努力さえ惜しまなければ最低限の国への貢献はできるはずだと信じている。諦めない限り、できないという結論には辿《たど》り着《つ》かない。

「だったらオレと結婚しよう！」

その声は、信じられないほど突然に、そしてなんの気負いもなく軽やかに、クレアの鼓膜を震わせた。

焼き菓子はおいしい、と言うのとなんら違いない自然な口調に、求婚された側が気づかないほどである。

二秒、三秒、五秒、十秒。

ゆうに十五秒もの沈黙ののち、クレアは目を見開いてノエルを凝視した。

——これは彼なりの冗談なの？

だが、もしも冗談ではなかった場合、真剣な提案にふざけた態度をとっては無礼という言葉では到底足りないことになる。

言葉に詰まっているクレアに、ノエルは邪気のない笑顔を向けた。

困惑の極致で瞬《まばた》きを繰り返す彼女を助けようとしたのか、はぁぁぁぁぁぁぁぁ……と長い長いため息をついたのはサディアスである。

彼は眼鏡を右手でくいっと押し上げると、侮蔑を込めた目つきでノエルを睨みつけた。

「バカ犬、貴様は自重という言葉を知っているか？」

クレアに話しかけるときとは別人かと思うほどに低い声、口調も違いすぎる。もしもノエルが冗談のつもりで言ったのだとしたら、サディアスの反応もやり過ぎの感がある。

「もちろん知ってるよ。だけどオレは自重すべきじゃないときもあると思ってる。だってこのまま放っておいたら、間違いなくクレアはオレたちの関与できないところで決められた結婚を受け入れるんだぜ？」

子どものように純粋で、欲求に忠実。しかし明るい性格から、多くの人びとに愛されるノエルは、こう見えて国内屈指の剣の使い手だ。

王立護衛軍の元帥である父、エザンツ公爵のもと、日々鍛錬に励む彼はすでに二度の戦場を経験している。死線をくぐり抜けても、彼の屈託ない性格には変化がなかった。

クレアとサディアスとはつきあいが長いこともあり、三人でいるときは砕けた口調で話すノエルだが、公爵家の嫡男として生まれ育ち、公式の場では優秀な軍人として振る舞う術《すべ》も持ち合わせているらしい。

――ノエルが相手なら、たしかに枢密院も納得はしそうだけれど……。

結婚を現実に考えたとき、クレアの脳裏に最初に浮かんだのはサディアスとノエルだった。幼いころからそばにいてくれた彼らのどちらかならば、これから先も助けあって生きていけるのではないだろうか。そんな考えがあったのは否定できない。

だが、それは彼らの意思を無視しているように思えて到底口にするわけにはいかなかった。ふたりにはそれぞれの輝かしい未来が待っている。クレアの力不足を理由に、王配という立場に押し込めてしまうには、あまりにもったいないほどの能力ある男性たちなのだ。

――きっとノエルはわたしの苦境を察して、同情してくれたのだわ。

王女として以前に人として、友人の未来を束縛することは許されない。エザンツ公爵の嫡男であるノエルならば、これから先幸せな出会いがいくつもあるはずだ。明るく楽しい家庭を築き、自由気ままに生きていける。そんなノエルを王宮に閉じ込めるなど、クレアにはできそうにない。

力の入りすぎた両手をほどき、クレアはドレスのスカートを軽く直すと気持ちを落ち着けるためにも椅子に腰を下ろした。

彼の気持ちはありがたい。涙が出そうになるほど嬉しいと思う。だが、受け入れては自分を許せなくなりそうだ。

「ノエル、わたしは……」

座り直したクレアと反対に、力強い所作で立ち上がったノエルがサディアスの座る椅子のうしろをまわって歩いてくる。

「ちょっと待って。すぐに断るなんていくらなんでもあんまりだと思わない？　ねえ、姫、オレならきっと良い王配になるよ。枢密院のおじいちゃん連中もオレには甘いでしょ。姫が無理難題に押しつぶされそうになったとき、きみの盾になりたいんだ。だからオレのことを考えて──ね？」

ノエルはクレアのそばで床に膝をつくと、恭しく彼女の手をとった。

「な、何を……っ、えっ⁉」

しかし、その手が即座につかみ上げられる。

ノエルではなく、サディアスによって。

「サディアス？」

思いもよらないノエルの言葉に気を取られていた間に、彼もまた席を離れ、クレアの斜めう

しろに立っていた。

白手袋をはめた手が、ノエルからクレアの手を奪う。右手を高く上げられた体勢で、クレアは困惑気味にサディアスを見上げた。

黒髪の下、冷たい印象のある水色の目が細められる。サディアスがその笑顔を見せるのは、クレアだけだ。

――ああ、また気を遣わせてしまった。

自分が不甲斐《ふがい》ないせいでサディアスにも迷惑をかけている、とクレアが思ったそのとき。

「姫、考える必要などありません。あなたの王配に相応《ふさわ》しいのは、犬などではなくこの私です。聡明《そうめい》な姫ならばおわかりでしょう?」

またしても、信じられない言葉が彼女の鼓膜を打つ。

これはほんとうに現実だろうか。クレアは頬をつねって痛みを確認したい気持ちに駆られる。

「おい! 人のプロポーズを邪魔するなよ!」

床に膝をついていたノエルが、勢いよく立ち上がった。

「弱い犬ほどよく吠《ほ》える。貴様のプロポーズなど、姫を困らせるだけだと気づけぬのか、愚昧《ぐまい》が」

睨《にら》み合《あ》う彼らを尻目に、クレアは右手をサディアスにつかまれたまま、顎を引いてこの事態を呑み込もうと懸命に考える。

しかし、どれほど考えても彼らが唐突に求婚してきた理由は、兄の死で悲しむ自分を慰めるか、国の重責を担ったことに同情してか、あるいはこの国の未来を憂えてのことか、さっぱり判断がつかない。

「だいたいおまえはいつもそうだよ。いいところで邪魔するんだ。オレが姫と遠乗りに行こうとしたときだって……」

「ハ！　何が遠乗りだ。貴様は姫に密着する理由がほしかったゆえ、馬術に精を出しただけだろう。犬ごときに乗られては馬も哀れというもの」

「あっ、言ったな！　だったらおまえだって、花かんむりの編み方なんて覚えて姑息《こそく》だぞ！」

――うるさくて考えがまとまらない……。

喧々囂々《けんけんごうごう》と言い争うふたりの間に立つべく、彼女は再度長椅子から腰を上げた。

「ふたりとも、落ち着いてください。わたしを気遣ってくださるお気持ちは嬉しく思います。ですが、結婚とは同情でするものではなく――」

右手をサディアスに握られたままというのに、ここへきて左手がノエルにつかまれる。

「誰が同情だなんて言ったのさ。オレは姫のことを」

かすかに頬を赤らめて、ノエルはじっとクレアを見つめるが、最後まで言い終えることなくサディアスの声がかぶさってきた。

「私は十年間ずっと、姫を想《おも》ってまいりました。この気持ちを同情とおっしゃるのですか？」

こちらは平素と変わらない穏やかな笑みだが、サディアスの水色の瞳にはほのかなはにかみが宿っている。

そして、彼はクレアの右手の甲に唇をそっと押し当てた。

「サ、サディアス⁉」

やわらかくしっとりとしたサディアスの唇を感じ、クレアは一瞬で火がついたように顔を真っ赤にする。

「あああっ！　だから、オレがしゃべってるのに邪魔すんなよ！　姫、オレのほうがサディアスより先に好きになった。初めて会った瞬間からずっと大好きだ！」

競い合うように、ノエルもクレアの左手の甲にキスを落とす。少し冷たいサディアスの唇とは違い、ノエルのキスは彼の熱を感じさせた。

「ノエルまで……、な、何をするんですか！　ふたりとも、わたしをからかっているのなら冗談はやめてください！」

だが、右手も左手も自由にはならず、クレアはおろおろとふたりの幼なじみの顔を見比べるばかりだ。

十二年間、ずっと彼らはクレアにとって騎士《ナイト》のような存在だった。事実、王女と貴族令息の関係は主従に類似したものだ。彼女を守り、彼女を笑わせ、彼女が悲しみに暮れる日は黙ってそばにいてくれた。

それが突然、想っていた、好いていると言われてどうしろというのか。

——結婚を……しろと、言っているの……？　けれど、同時にふたりに申し込まれて、どちらかを選ぶだなんて……！

ふたりの真剣なまなざしを受け止め、クレアはこれが夢でもなければ冗談でもないということを本能的に感じ取る。

のどの奥が焼けつくような気がした。

誰よりも近い存在と思ってきたふたりは、最初から男性だったのだ。それにクレアが気づかぬふりをしてきた。否、彼らの気配りのおかげでクレアは気づかずにいられた。

ほかの誰でもない、クレアがそれを知っている。サディアスとノエルが、いかに自分を守ってきてくれたか——

「……冗談では、ないのですね」

普段はおしゃべりなノエルも、理路整然と語るサディアスも、クレアが結論に気づくまで黙りこむ。

「冗談ではなく、ふたりはわたしを……お、想ってくださっている、と……」

だが、自分には彼らのどちらかを選ぶ権利があるのだろうか。

王太子ザカリーを失い、オルミテレスは強く確かな主柱を求めている。クレア自身が国を率いる能力を持ち合わせないのだから、枢密院の選んだ相手と結婚するのが、自分にできる唯一のことだ。その相手がサディアスか、それともノエルであれば、クレアが選ぶことではない。

右手を握るサディアスの、白手袋をまとった細く長い指。

左手を握るノエルの、剣で鍛えた硬い手のひら。

片方を選ぶということは、もう一方を捨てるということ。取捨選択にはいつでも責任が伴う。

クレアはぎゅっとふたりの手を握り返した。どちらの手も離したくはない。ふたりとも、ずっと友人でいてもらいたいと願うのはわがままだとわかっていながら、クレアにはその手を離すことができなかった。

「――ふたりの気持ちはとても嬉しいです。ですが、わたしには夫となる男性を選ぶ権利があるわけではないのです。枢密院がどのような判断を下すか、今はそれを待つしかありません」

ずるい返答だと自分でも思う。

彼らの手をとったままのくせに、どの口が言うと笑われてもおかしくはない。

「それは違うよ、姫」

目を伏せたクレアに、ノエルが話しかけた。

「ザカリーさまのことはほんとうに悲しいことだったし、姫が王位継承者となったことは大変なことだと思う。だけど、それと姫を想うオレたちの気持ちは別問題だ。姫は枢密院がなんと言おうと、自分で決断しなきゃいけない」

彼が言っていることは、クレアの知る正当性と袂《たもと》を分かつ考え方だ。王女としての立場を優先したクレアの思想、個人としての感情を優先したノエルの思想。だが、どちらが間違っているると切り捨てられるものでもない。

「で、ですが、それでは国を思って検討している枢密院の皆を蔑《ないがし》ろにするようなものではありませんか」

顔を上げて反論したクレアに、ノエルはゆっくりと首を横に振って見せる。

金色のくせ毛がふわりと揺らぎ、初めて会った日の愛らしい少年の姿が脳裏に浮かんだ。

今度は彼女の右側から、サディアスが口を開く。

「国という大きな基盤を守るために、個の感情を殺せというような者が、我が国の枢密院にいるとお思いですか、姫？」

「枢密院を疑っているわけではありません！　ただ、わたしはお兄さま亡き今、オルミテレスのために何ができるかを考えているだけです」

クレアにすれば、それこそが何よりも優先すべき事項だが、サディアスは肩にかかった黒髪を軽く払い、まっすぐに彼女を見据えた。

「国は、民のみにてできているのではありませんよ。王と民、双方があってこその国です。何より、国を率いて立つということは自己犠牲のみで成し遂げられるような簡単なことではありませんからね」

普段の彼は、断定することなくクレアに問いかける。正しい答えを導き出せるよう誘導し、そのうえで尋ねるのだ。

——違う、ふたりともいつもとは違う。

王女と貴族の息子たち。

三人の関係性は変わらぬものと信じていたが、この世に永遠はない。サディアスもノエルも、クレアを失うかもしれないと知りながら賭けに出た。彼らはもう、ただの友人に戻るつもりなどないのだ。

「そ、それは……いえ、でも……」

何を選ぶか。何を捨てるか。何を欲するか。何を失うか。

願ったところで叶《かな》うかどうかは誰にもわからない。どれほど祈っても、天はザカリーの命を摘み取ってしまった。

「姫はお優しゅうございますから、駄犬相手にも心をお配りになってしまうのでしょう。もうお悩みにならず、私だけの女性《ひと》になってください」

「ダメに決まってんだろ！　姫はオレが守る！　姫、こんな陰険眼鏡と結婚したら、一生苦労するよ。オレなら単純だから、姫を策にハメたりしないし、裏表ないから嘘《うそ》もつかない」

「言い換えれば魯鈍《ろどん》ということだがな」

「……知らない言葉でも、おまえが言いたいことの意味はわかった気がする。オレをバカって言ったな！」

求婚しながら喧嘩《けんか》に明け暮れる彼らを見つめ、クレアは自分が半刻前には泣いていたことも忘れていた。

悲しみが消えるわけではない。

それでも、泣いてばかりでは生きていけない。

――お兄さま、あの日、お兄さまがわたしに彼らを引きあわせてくださったおかげで、クレアは今もひとりではありません。

次第に激化していくやりとりさえも、クレアにとっては「サディアスとノエルはほんとうに仲が良いのですね」と微笑ましく見える。

王女の手を一本ずつ握り、彼女の愛情を得るよりも言い争いに夢中になる青年たちを眺めて、カーラはこっそりと息を吐いた。

「……まったく、殿方はいつまで経《た》っても子どもで困る。さっさとクレアさまを幸せにするための案を検討すればいいだけだというのに……」

§　§　§

「王女のお気持ちを察すれば、やはりここはサディアスかノエルが有力ではあるまいか」

枢密院議長エドワードは、そう言って円卓に集う貴族たちを見回した。

美しく優しく、自分よりも人のことばかり優先して考えようとする王女クレア。彼女が国を率いることになった場合も、国家の重大な決議は枢密院が王女に助言していくことができる。

問題は、彼女個人の生活を支える王配だ。

無論、政治に詳しければ詳しいほど良い。剣技に秀で、王女を守る腕前があればなおよろしい。だが、どの条件を満たすよりも、クレアが心から信頼できる相手でなければ意味がない。

それでなくとも、王太子の死は繊細なクレアの心に暗い影を落としたはずだ。彼女に一日も早く立ち直ってもらうことを考えれば、家柄も素質もじゅうぶんなサディアスとノエルが有力候補となるのは当たり前のことだった。

「――では、どちらを？」

しかし、いかな枢密院であってもふたりのまったく異なる性格の青年たちに優劣をつけるのは困難である。ましで、双方の父親である公爵がこの場にいるのだからなおのこと。

「サディアスどのは当代きっての識者、ノエルどのは護衛軍一の武闘派、どちらも家柄は五公爵家とあっては比較のしようもない」

「だが、ノエルは武芸に秀でているとはいっても、所詮は軍のいち兵士。他国と戦争が起こった場合、武力だけで解決できるものではござらん。知をもって敵を倒すにはサディアスがよろしいのではないか？」

「いや、サディアスは神学者でもあるからな。王家があまり教会に肩入れしすぎては厄介だ。

それに、いざ戦いの火蓋が切って落とされたあとで知略ばかり優れていてもどうにもならぬ。軍の士気を高めるにはノエルのような明朗さが……」

今日も議決は困難か、と議長エドワードは無表情に眼鏡を正す。視線の先、太あくびをしたのは元帥ブライアン。

どちらも枢密院において発言力を持つからこそ、自らの息子を語りたがらない。

あるいは彼らは知っているから黙していたのだろうか。

十二年前のあの日から、息子たちが王女に恋していることを――

第二章

ザカリー王太子が身罷《みまか》ってから一カ月が過ぎた。夏が近づき、空は青みを増していく。まだ一カ月、もう一カ月。季節は誰のもとにも留《とど》まることを知らない。

枢密院はいまだクレアの縁談について検討を重ねているの一点張りで、当の王女も自身の王配候補に誰が挙がっているのかを知らずにいる。

いくら可及的速やかに事を進めようとしても、王族の——しかも現時点で王位継承第一位である王女の結婚相手を選ぶとなれば、簡単に決められないのも当然だ。

ザカリー一家の暮らしていた痕跡が次第に王宮から薄れていき、クレアは言い知れない寂しさを感じていたが、それを口に出すことはしなかった。クレアだけではなく、王宮で働く誰もがザカリーとその妻、息子のライアンの死を悼んでいるのはひしひしと感じられる。

もとよりあまり出歩くことのないクレアだったが、葬儀以降はとみに王宮にこもっていることが増えた。相変わらずひっきりなしに謁見の申し込みがあり、国内だけではなく隣国の王族や貴族からも贈り物が届くようになっていた。

なかには珍しい果実や貴重な宝石もあったが、クレアは贈り物が届くたびに悩ましい気持ちになる。

たとえどのような贈り物をもらったところで、贈り主にしてやれることは何もないのだ。自身の縁談については枢密院の検討が終わるまで、クレアであっても手心を加えることができない。それを知る者は、最近では枢密院に所属する者たちへ直接頼みに行くそうだ。

「ね、だから姫はさっさとオレを選ぶべきだと思うんだよ」

ノエルに誘われて中庭を散歩していると、世間話の体《てい》で話していたはずが、急に話の矛先が変わる。

「そういう話はしていません。それに、今の話からもおわかりのとおり、わたしには選ぶ権利がないと考えているのです、ノエル」

今もまだ喪服に身を包み、クレアはばつが悪そうに視線をそらした。

今日の彼女は長い銀髪をゆるやかに結い上げ、黒のリボンでまとめていた。夏の青空の下、銀糸のごとき髪が煌《きら》めく。

結局、幼なじみのふたりから求婚されたクレアはなんの答えも出せはしなかった。サディアスとノエルは、ふたりのうちどちらかを選ぶことを既定の事実のように言っていたが、そもそもそういう問題ではないように思う。

クレアとて健康な十七歳の女性だ。

社交界の紳士淑女たちに聞くような華やかな恋愛経験はなくとも、心ときめく出来事くらいは経験がある。それを恋と呼ぶかと考えると、答えは言わずもがな、否。

兄の死から一カ月が経過したということは、衝撃的なふたりの求婚からも同様の月日が流れた。

かつて微塵《みじん》もクレアへの特別な感情を見せなかったサディアスとノエルは、あれ以来もう隠す必要はないとばかりに、事あるごとにクレアに会いに来ている。

昨日はサディアスが古典詩の珍しい本を持ってきて、ふたりで並んで書物を堪能した。その前はノエルが遠出の帰りに王宮に寄って、ガラス細工の菓子器をくれた。

――わたしは、どちらにも応えられないと言っているのに、どうしたらわかってもらえるのかしら……。

黒いドレスの裾を両手でつまんで散策路を歩くクレアのうしろを、ノエルが鼻歌をうたいながらついてきて、何をするというわけでもなく時間が流れる。

国を背負う立場となったクレアに同情しているから王配に名乗りをあげてくれたのではなく、彼らが心から自分を想ってくれている故に求婚してきた――その事実は理解できた。だが、なぜ魅力的な男性ふたりが揃って自分に心を向けているのかはまったくわからない。

――彼らは、こんなわたしのどこが好きだというのだろう。おもしろい話ができるわけでもなし、とりたてて頭が良いわけでもなければ、目を瞠《みは》るような美女でもない。ノエルからは話し方が堅苦しいと何度も言われてきたのに、突然好きだと言われても戸惑うばかりだわ。

「あ、そうだ、姫！」

「はい」

急に呼びかけられて、クレアは心のなかを読まれたようないたたまれない気持ちになる。

何事もなかったように足を止め、ゆっくりと振り返るとノエルが軍の制服のポケットから何かを取り出した。

「これ、姫にもらってほしいんだ」

彼の指先に何か輝くものが見える。

強い陽光が反射して、一瞬それがなんなのか判別できなかった。しかし、落ち着いて見れば考えるまでもない――指輪だ。

「待ってください、ノエル。わたしは求婚に対して明確な返事はできません。何度も言いますが、その権利がないのです。それに、殿方から指輪をいただくのは特別な意味があると聞いていますが……」

内心、動揺でどうかなってしまいそうだが、クレアの唇はなめらかに言葉を紡ぐ。むしろ、彼の行動を非難しているように聞こえたかもしれない。

「そう、特別な意味のある指輪だよ。だけど、これは姫以外の誰にもわたすつもりがない。オレにとって、姫が世界でたったひとりの女性《ひと》だって意味がある指輪なんだ」

ノエルは、夏でも護衛軍の長袖コートの制服をきっちりと着込んでいる。暑くはないものかと以前に尋ねたことがあるが、彼は鍛えていれば多少の暑さ寒さは気にならないものだと笑って見せた。

今も、手首まである袖をまくることもなく、彼はクレアの手をとろうとする。

「そ、それならなおさら受け取れません」

つかまれかけた手首をさっと引き戻し、クレアは自分の左手を右手で胸元に押し当てた。

——そう、こんなふうに、心がときめくことはあるわ。だけどこれが恋だというのなら、わたしはノエルにもサディアスにも同じように反応する。恋とは、ただひとりの人を想う気持ち。これは違う。これはただの、異性と接近しすぎたときの緊張……。

速まる鼓動を感じて、クレアは気まずさに視線を彷徨《さまよ》わせる。石畳の隙間から、花壇の花とは違う雑草が顔を出しているのが見えた。

「……どうして？」

緑色の瞳に揺らぐ戸惑い。

ノエルは振り払われた手を下ろすこともせず、捨てられた子犬のような目をしてクレアを見つめていた。

いつも笑っている印象の強いノエルだから、時折見せる真顔が別人のように思える。

やわらかな金髪がすべらかな額を彩り、感情を豊かに表現する澄んだ緑色の瞳が揺れた。

見慣れているせいで忘れがちだが、ノエルは美しい青年だ。正装して舞踏会に参加でもすれば、多くの女性が釘付《くぎづ》けになるのは間違いない。

「どうしてって、それは……」

あなたの気持ちに応えることができないから。

そう言おうとしたのに、唇がうまく動かない。彼の瞳を見つめ返した途端、魅入られたようにクレアは動けなくなる。

一陣の風がふたりの間を吹き抜け、クレアは思わず目を閉じた。次の瞬間、彼女の体は強く抱き寄せられていた。

「ノエル、何を……」

声が震えるのをこらえ、両手で彼を拒もうとするが、鍛えあげられたノエルの体をクレアの細腕が跳ね返すなどできようはずがない。

もがく彼女をきつく抱いて、ノエルが耳元に唇を寄せる。

「聞かないでよ。オレは姫のことが好きなだけなんだ。それなのに、姫はいつだってはぐらかしてばかりだね。ねえ、こんなふうに抱きしめられても何も感じないの？　オレのこと、まだ男として見られない？」

耳たぶにかかる吐息がくすぐったくて、彼が話すたび全身がびくびくと痙攣《けいれん》したように震えてしまう。こんな感覚は初めてで、クレアは自分がどうかしたのではないかと不安になった。

息が苦しくて、鼓動がやけに大きく聞こえる。ノエルの囁《ささや》く声が耳だけではなく首筋や背筋まで痺《しび》れさせるようだ。

「あなたは……あなたたちは、わたしの大切な友人です」

「いつまでも子どものふりをするなんて、姫らしくないよ。心臓の音がすごく速い。オレのこと、感じてくれてるんでしょう?」

「ち、違う、違います!」

恥ずかしさで頬が燃えるように熱い。

だが、なぜこんなにも羞恥に全身が震えるのか。鼓動がノエルに聞こえていることが、たまらなく恥ずかしい。

「嘘つき。わかってるくせにずるい。オレの言う好きって気持ちはね、姫を抱きしめてキスをして、オレだけのものにしたいって感情なんだよ。オレにキスされるのは、いや……?」

彼の言うキスが、忠誠の証《あかし》や親愛の情ではない、恋人同士のするキスの意味だということはさすがにクレアでも理解できた。だからといって、それをしてもいいとは思えない。いや、すべきではないのだ。

「そんなこと、許されません……!」

「許すとか許さないなんて、いったい誰が決めるの? ニコラス王? それとも枢密院? オレはさ、誰かの許可がほしいわけじゃないんだ。姫が受け入れてくれればそれだけで――」

クレアを抱きしめる腕が緩み、骨ばった指が彼女の顎をくいと上げた。

至近距離で真正面からノエルと見つめあうことを余儀なくされ、クレアの心臓は今にも壊れそうなほど激しく高鳴る。

――こんなのおかしいのに、どうして……？

先ほどまでと違い、ノエルの腕はクレアを締めつけているわけではない。力を弱めた彼の腕なら、全力で突き飛ばせば逃げることもできそうだというのに、緑色の瞳に囚えられて一歩も動けなくなる。

「逃げないなら、このままキスするよ。いい？」

「駄目です、ダメ……」

目の前にいる男はいったい誰だというのか。

彼はほんとうに、クレアの知るノエルなのかさえわからない。男の顔をした彼が、いつもの明るい笑みではなく、どこか含みのある淫靡《いんび》な笑顔を見せる。

「ダメって言いながら、姫の唇は期待してくれてるみたいだよ。ほら、赤く熟れておいしそう……」

十二年、ずっとそばにいた。少なくともクレアにとって、王宮で働く侍女たち以外にサディアスとノエルほど顔を合わせた相手はいない。亡きザカリーと会った回数よりも多かった。

――なのに、わたしは彼らの気持ちに気づかなかった。それどころか、こんな表情をすることも知らなかった。

「……ノエル、離してください」

「嫌なら逃げてって言ってるじゃないか。オレは離さないよ。だから、オレを拒むなら姫が逃げて。そうでないと、もう……」

何かを耐えるように、ノエルの唇が苦悶《くもん》に歪む。

唇と唇が触れ合うまで、あとどれくらいの距離が残されているのだろう。クレアの小指一本分の空間さえ、そこにはないかもしれない。

「……オレを嫌いになる？」

それは消えそうな声だった。

いつもの明るいノエルとは程遠く、けれど先ほどまでの雄《オス》の気配とも異なり、怯える子どものようにノエルが問う。

「嫌いになんかなりません。あなたはわたしの大切な――」

「貴様……っ、何をしている！」

不意に、ノエルの金色の髪の向こうから声が聞こえて、クレアはびくりと体を震わせた。

直後、彼女を抱きしめていたノエルの腕が解かれ、彼の体は真後ろへ向けてすっ飛んでいく。

ノエルの手にあった金の指輪が、小さく音を立てて散策路の上を転がった。

何が起こったのかと目を瞬《しばた》いていると、血相を変えたサディアスが、氷のように冷たい目でクレアを射貫いた。

「サ、サディアス、あの、これは……」

どこから走ってきたのか、彼の額にはうっすらと汗が滲《にじ》み、長い黒髪は乱れている。常日頃、涼しい顔をして何事にも動揺を見せないサディアスらしくもない。

そして何より、その瞳だ。

氷の美貌と名高いサディアスだが、クレアといるときはどんなときでも優しい笑みをたたえていた。だが、今の彼はまるで仇敵《きゅうてき》を前にしたかのように凍りつく視線を向けてくる。

何から説明すべきかと狼狽《うろた》えるクレアに、ゆっくりと息を吐いたサディアスが見慣れた所作で眼鏡をくいっと上げ、目元を緩める。

「説明は結構ですよ、姫。どうせこの屑犬《くずいぬ》が粗相をはたらいたのでしょう」

「待ってください。ノエルが悪いわけではないのです。わたしにも……非があります」

言いながらも細い腕はかたかたと震え、自分の体を抱きしめることもままならない。

――もしサディアスが来なければ、わたしはどうしていたのだろう。ノエルを拒んだ？　それとも……。

「っ……てえ、何すんだよ、サディアス」

石畳の上にひっくり返っていたノエルが指輪を拾って立ち上がり、砂で汚れた制服を払う。

彼の表情は先ほどまでと打って変わって、いつもの陽気なノエルに戻っていた。

「あーあ、せっかく姫を口説いてたのに、おまえのせいで台無しだ。なあ、姫?」

にこっと微笑まれて、クレアは何も言えなくなる。抗《あらが》えなかったのは自分、逃げなかったも自分。だが、先ほど彼女を強引に抱きすくめたときのノエルは、クレアの知らない男の目をしていた。

まっすぐに彼を見つめ返すことができず、クレアは視線をノエルの手に移す。大きな手に似合わない華奢《きゃしゃ》な指輪を見ると胸が痛んだ。

「愚陋《ぐろう》は愚陋なりの分別を持ち合わせていると期待した私が間違っていた。貴様、二度と姫に近寄るな」

「嫌だね。おまえに命令されることじゃないよ」

「不敬罪で牢《ろう》に入りたいならそう言え。いつでも護衛軍を呼んでやる」

立ち尽くすクレアの背にそっと手をまわし、サディアスが歩き出すよう促した。

ノエルに何か言わなくてはと思っているのに、何を言えばいいのか思いつかない。愚陋とは自分にこそ当てはまる。

――わたしは王女、オルミテレスの王女クレア。怯えて震えて守られているだけではいけない。毅然《きぜん》としなくては……。

「ノエル」

歩き出した足を止め、クレアはゆっくりと彼に顔を向けた。

小さく呼びかけただけというのに、ノエルは一瞬、目を輝かせる。

「あなたはわたしの大切な友人です。何があってもそれは変わりません」

許すなんて言えた立場ではない。だからといって、なかったことにしようと言うにはあまりに衝撃的な出来事だった。できないことを提案するのは不誠実である。

だから彼女は、ノエルのしたことを責めず、同時にそれによって関係性に変化がないことを伝えようとしたのだ。

クレアの言葉に、ノエルの表情が凍りついた。人間は笑顔のままでも、表情が、その奥にある感情の温度が、一瞬で変わる。

「え……?」

何か失言だったのだろうか。確認しようとした彼女を、サディアスが珍しく強引に急《せ》き立《た》てた。

「姫、戻りますよ。夏の太陽にあまり長時間あたるのはよろしくありません」

「え、ええ、そうですね」

サディアスは意図したわけではないと思うが、夏の太陽はノエルを示しているようにも聞こえる。彼の金色の髪が陽光を連想させるせいだ。

これ以上余計なことを言って墓穴を掘りたくはない。

クレアはおとなしくサディアスに促されるまま、王宮へ戻った。

「……姫、オレはきみを友人だなんて思ったことは一度もなかったのに……」

ひとり残されたノエルが、歪《ゆが》んだ笑みを浮かべたまま、かすれた声でつぶやいた言葉は誰の耳にも届かない。

夏は静かに熱をたぎらせていく。目には見えずとも、少しずつ、確実に。


まっすぐ部屋へ戻るべきだったのかもしれないが、やけに心が逸《はや》る。

彼と同じだけの愛情を返せない限り、ノエルの想いを受け止めることはできない。いっそ、すべてを投げ出してふたりで世界の果てまで逃げていきたいと思えるならば、あのまっすぐな愛情を抱きとめることができるのだろう。

――けれど、わたしは王女なのだから。病床の父に何かあれば、国を守っていかなくてはいけない。

国を担うための学問は学んでいないが、幸いにしてオルミテレスには枢密院がある。貴族の中でも長年王家に仕える者たちが集まり、知恵を寄せあう王の諮問機関たる枢密院。今の議長はサディアスの父エドワードだ。

「姫、よろしければ少し屋上庭園で休んでから戻りませんか？」

不意にサディアスが話しかけてきて、クレアは戸惑いながらも小さく頷《うなず》いた。夏の太陽に長く当たるなと先刻言われたばかりだが、動揺するクレアを気遣って回り道をしようとの提案だろう。冷たいように見えても、サディアスはいつも他人の感情に気を配っている。

「わたしたち三人が初めて会った場所ですね。ぜひ参りましょう」

十二年前の始まりの庭園。

ザカリーが亡くなって以来、クレアは屋上庭園へも足を運んでいなかった。あそこには異母兄との思い出も多い。おそらく、サディアスが誘ってくれなければ当面自分から行こうとすることはなかっただろう。

久方ぶりに足を踏み入れる屋上庭園は、その場所を愛した王太子が亡くなったあとも、丁寧に手入れをされていた。

夏の太陽に照らされ、少し色あせた赤いベンチが目に入る。クレアがなんの気なしに近づくと、昔は自分で座ることも下りることもままならなかったベンチは、ずいぶん小さく見えた。

「サディアス、覚えていますか？　わたしがこのベンチから落ちて、ノエルとあなたが助けてくれたことを」

「ええ、もちろんでございます。今とて、クレア姫に何かありましたらすぐさまこの身を挺《てい》してお助けいたしますよ」

「ふふっ、あなたはいつもそうですね。いいえ、あなただけではありません。ノエルも……」

強引に抱き寄せられた体が、まだどこかに熱を残している。それなのに、指先は震えてノエルを拒んでいた。本能と感情と理性がせめぎあうのを感じ、クレアは大きく息を吸う。

そのとき、決して広くはない屋上庭園の奥まったところから、がさがさと草をかき分ける音が聞こえてきた。

「まったく、相変わらずクレアは子どものようなことばかり言っているのだな」

「……モーリスさま、なぜこのようなところにあなたが……？」

黒に近い濃茶色の縮れた毛をぼりぼりと掻《か》きむしると、クレアの従兄弟《いとこ》であるモーリスはわざとらしく大あくびをする。

「俺は昼寝に適した場所を探していただけのことよ。そこにおまえらがやってきて、昔はどうだの今はどうだの話し始めただけのこと。それとも、お子様にはそれが精一杯の恋の緒《いとぐち》か？」

無粋な発言に、サディアスの周囲の空気が張り詰めるのを感じ、クレアは取り繕うように笑みを浮かべた。

王妹の息子として、王族に名を連ねるモーリスは王宮きっての問題児だ。温厚な叔母と似ても似つかない皮肉げな口調で、城下町に繰り出しては喧嘩や女遊びに没頭し、挙句の果てには博打《ばくち》で大負けして王家の財宝を売りさばいた過去もある。今まで幾度となく王から叱責と処罰を与えられ、昨年も二度の謹慎を言いつかっていた。

「何か誤解があるようです、モーリスさま。わたしたちは、昔話に花を咲かせていただけのこと。それよりもその格好は、いかがなものかと思いますが……？」

王太子ザカリーが亡くなった喪も明けていないというのに、モーリスは派手な赤いフロックコートを身にまとっている。王族としては、到底信じられない格好だ。たしか彼は三十路《みそじ》になるというのに、何故《なにゆえ》これほどの愚挙を好むのか。クレアには理由がとんと思いつかない。

「そりゃもちろん、おまえを誘惑するためさ」

「……わたしを、誘惑、ですか？」

同じ言語で会話をしている。彼の使う単語にクレアの知らないものはひとつもない。それなのに、モーリスの言っていることがひとつも理解できず、クレアは眉根を寄せた。

「姫、お部屋へ戻りましょう。モーリス殿下はお酒を召していらっしゃるご様子でございます」

控えめな口調ではあるが、サディアスはしっかりとした声でモーリスに聞こえよがしにそう言う。

見ればモーリスの手には酒瓶が握られ、足取りも少々覚束《おぼつか》ない。

「へえへえ、議長の息子ってのはずいぶんとお偉いものよな。サディアス、おまえはクレアの王配になろうと画策しているのかもしれないが、女王の伴侶に相応しいのはこの俺よ。血筋というものをわきまえよ、凡夫が！」

彼が候補のひとりであろうことは、クレアにもわかっていた。数少ない王族の青年、その中でももっとも年若い未婚者といえばモーリスである。

だが、彼の性質を考慮すればいかな王族とあれども、女王の王配には相応しくない。枢密院ならば、その判断に迷いはないだろうと勝手に考えていたクレアだったが、モーリスの言い草から察するに、彼は彼なりに王配の座を狙っている様子だ。

──従兄弟といえど、こんな男と生涯寄り添って生きていくなんて、絶対に嫌だ。

考えるより早く、クレアの心には結論があった。

枢密院が決めた相手と結婚をする。それが自分のできる唯一のことだと信じていたのに、いざモーリスを候補のひとりとして目の前にするとひどい嫌悪感がこみ上げてくる。

「……わ、わたしの夫となる男性は枢密院が決めるのです！　モーリスさま、あなたが王族といえども、不当に我が友人を貶《おとし》めるような発言は許しません」

願わくばこの従兄弟が選ばれませんように。

クレアは震える声で一喝し、きっとモーリスを睨みつける。

「強がっちゃって、かわいいねえ。クレア、枢密院が誰を選ぼうと、おまえを奪った男にこそ王配の権利があるとは思わないのか？」

「え……？」

またも理解の範疇《はんちゅう》を超えた発言に、クレアは言葉を失った。

「モーリス殿下、それ以上の無礼な発言は姫の前でおよしくださいませ」

「黙れサディアス。おまえ、王族に楯《たて》突く気か！」

「……っ」

悔しそうに奥歯を噛《か》みしめるサディアスが、地に片膝をつき、頭《こうべ》を垂れる。

「クレア、いつまでも子どもっぽいおまえを、遠くないうちに大人の世界へ連れていってやろう。なあに、最初はちょっと怖いかもしれないが、慣れちまえば場末の女も貴族の令嬢もひいひいよがるもんだ。男を知れば、おまえだって大人の女になれるんだからなあ」

下卑た笑い声を響かせ、呆然《ぼうぜん》と立ちすくむクレアと、屈辱に拳を震わせるサディアスの間をモーリスがわざと通り抜けていった。

扉が開き、次いで閉じる音が聞こえてきて、クレアは弾《はじ》かれたようにサディアスのそばにしゃがみ込む。

「申し訳ありません、サディアス。我が従兄弟があなたに失礼な発言を……」

「いいえ、姫。姫が謝罪なさるようなことはなにもございませんでした。私が出すぎた真似《まね》をした故《ゆえ》です。さあ、お立ちくださいませ。ドレスの裾が汚れてしまわれますよ」

サディアスは先に立ち上がり、自らのロングコートの裾が汚れているのも気にせず、白い手袋をはめた手をクレアに差し出した。

「サディアス……」

「ご心配なされますな。姫の警護を増やしましょう。あなたは私の……いえ、この国の希望なのでございます。安易に誰かが摘み取って良い花ではありません」

その後、サディアスは黙りこむクレアに何も言わず、ただそっと寄り添って居室へ送ってくれた。

ノエルの変貌も、モーリスの下品な発想も、サディアスの優しさも、何もかもがクレアを落ち着かなくさせる。

夏の夜が訪れ、カーラが睡眠前の温かい紅茶を運んできてくれたあとも、今宵《こよい》のクレアはなかなか寝つくことができなかった。

§　§　§

「まだアイ、ツは来てない、と……」

まどろみの中、クレアの耳元に熱い吐息がかかる。

――これは……夢……？

天蓋布を張った寝台で、彼女は小さく身を震わせた。

「……オレだけの……姫は誰にもわたさない」

夢の外からノエルの声が聞こえてくる。

ああ、よかった、とクレアは安堵《あんど》した。彼の差し出した指輪を受け取らなかったことが、心に大きなしこりを残し、眠りに落ちる直前まで彼女は悩み続けていたのだ。

誰よりも大切なふたりの友人。

彼らのどちらかを、あるいはその両方を失うことは、クレアには耐えられそうにない。ずっと支えられてきたのだ。他者に頼る弱い心を非難されようとも、サディアスとノエルを失うことは避けたかった。

「良かった……。ノエル、またわたしのそばにいてくれるのですね……」

夢と現実の狭間《はざま》で、彼女は心からの笑みを浮かべる。普段ならばするはずもないことだが、クレアは夢のなかでノエルの影に抱きすがった。

熱を帯びた、筋肉質の体。

逞しく、どこか甘い香りのする、男の体――。

「眠っているときは、そんなに素直にオレを求めてくれるんだ？　嬉しいよ、姫。愛してる、世界でいちばん姫のことを愛しているのはこのオレだから……」

大きな手のひらが薄衣一枚で覆われた胸の膨らみを鷲掴《わしづか》みにした。

「……ひ……っ」

その感触はあまりに現実的で、クレアの浅い眠りが一気に醒《さ》めていく。目を開けると、暗がりの中で大きな影が彼女に乗りかかっていた。

「な、何……、誰か、だ……っ、ん、んん……っ」

人を呼ぼうと叫びかけた唇が、鍛えられた手のひらで遮られる。恐怖に震える体は、すでに上掛けを奪われしどけなく寝台に横たわっていた。

「姫、怖がらないで。オレだよ、ノエル」

――ノエル？　どうしてこんな夜更けにノエルが……？

闇に目が慣れてくると、たしかにそこにいるのはノエルで間違いない。見慣れた軍の制服、本来ならばかぶるべき軍帽を嫌い、やわらかな金髪を揺らす幼なじみだ。何より、声をひそめていたからといって、彼の声を聞き間違えるはずもない。

「昼間のことを仲直りしようと思っていたら、姫の警護を強化しろとお達しがきたんだ。だから、今夜はオレが姫の護衛。わかる？」

口を塞がれたまま、クレアはこくこくと首を縦に振る。

しかし解《げ》せないのは、護衛の兵士が室内まで入り込むことなど今まで一度としてなかったこと、まして寝台で彼女に馬乗りになって護衛の任務について説明するなどノエルらしい振る舞いとは思えないこと。

「ねえ、姫。オレと仲直りしてくれる？」

顔を寄せ、ノエルは額と額をこつんとぶつけた。彼の手のひらで口を覆われているため、キスされるのではないかという不安はない。それなのに、クレアの心臓は壊れんばかりに早鐘を打っていた。

睫毛《まつげ》さえ触れそうな距離に、彼女はぎゅっと目を閉じて先刻同様、首肯する。

彼の提案を受け入れれば、きっとこんな恥ずかしい体勢から解放してもらえる。そう思ってのことだが、実際クレアもノエルと仲違《なかたが》いしたままでいるのは辛かった。

「良かった……。姫に嫌われたら、オレはきっと生きていけないからさ」

まぶたに軽くノエルの唇がかすめ、クレアはびくりと体をこわばらせる。

——早く、早く離れて……。こんな体勢、心臓の音が聞こえてしまう……！

だが、へたに身を捩《よじ》ればノエルはクレアが本心から仲直りする気ではないと誤解するかもしれない。今は抵抗しないほうが良さそうだ。

なぜ、そう思ったのか。

なぜ、この姿勢がただの仲直りのためだと思えたのか。

眠りから醒めたばかりの彼女に、それを問うのは酷な話である。

そもそもが、モーリスの指摘どおり、クレアは精神的に大人の女性として成長しきっていなかった。いつまでも友人の男性たちと和やかな時間を過ごしていたい。できることならば、今が永遠になってほしい。そう願って生きてきた彼女に、男女の秘めた甘い夜がいかなるものか、教える人間などいなかったのだから。

「っ……!? ん、ぅ……」

ナイトドレスの上から、胸の先端に突如として予想もしなかった衝撃が走る。

何をされているのか考える間もなく、小さく尖ったつぶらな部分が押しつぶされ、次にノエルの指と指で挟み込まれた。

「強くつまむと痛いかな？　眠ってる間にたくさんかわいがっていたから、姫のここ、すごく硬くなってるよ」

こりこりと指の腹で擦られると、せつなさとも痛みともむず痒《がゆ》さとも判別できない感覚が、腰の奥まで突き抜けていく。

――イヤ……！　どうしてこんなことを……!?

今すぐノエルを押しのけて、彼の行動を非難したいのに、胸に与えられる淫靡な刺激が彼女の体をすくませる。

「すごくかわいい……。ねえ、姫、直接さわりたい。いいでしょ？」

やめて、と言いたくても口を塞がれたままでは声も出せない。クレアは子どものように、イヤイヤと首を横に振った。銀の長い髪が敷布に波打つ。

「嫌なの？　でもダメ。ほんとうは今夜ここでサディアスと話し合って決めるはずだったんだけど……。我慢できない。姫をオレのものにさせて」

だが、サディアスと話し合って決めるとは、いったいなんの話なのか。モーリスと屋上庭園で会ったとき、彼はそんな素振りも見せなかった。それどころか警備を強化しているというのに、なぜ……？

きゅっときつくつままれて、快楽に尖った乳首が痛いほどに感じる。

「……っ、ん……！」

「ああ、ごめんね。痛かったよね。すぐ舐《な》めて癒《いや》してあげるよ」

普段と変わらぬ明るい笑顔、明るい声。

それなのに、ノエルの唇はありえない発言を繰り返している。

──わたしが、ノエルを拒んだせい……？

彼を暴挙に走らせるのは、どう考えても中庭での出来事が原因だろう。これ以上の過ちを犯させる前に、なんとかしてやめさせなくては。

──いえ、だけどサディアスと話し合って決めると……ああ、もう、わからない。だけど理由がなんであれ、こんなことを続けるわけにはいかない……！

クレアは必死で身を捩り、両手をばたつかせてノエルを押しのけようとした。しかし、どれほど力を込めてもノエルは微動だにしない。それどころか、闇雲に暴れたせいでナイトドレスの肩紐《かたひも》がたゆんでしまう。

「そんなに暴れなくてもだいじょうぶ。オレが全部、姫を奪うよ。サディアスにだってわたさない。たとえ姫がアイツを好きだったとしても……」

びっ、と最初に小さな音がした。

それから連続して、び、びび、と布が裂ける音がひどく淫猥《いんわい》に響く。破られているのはクレアを覆うナイトドレスだ。

形の良い乳房がまろび出て、先端に疼《うず》くいたいけな突起が恥ずかしげに赤く染まっている。

侍女に着替えを手伝ってもらうことは慣れているが、異性に肌を見られるのは生まれて初めての出来事である。まして、ただ見られているのではない。クレアは今、ノエルに衣服を引き裂かれていた。

「は……、すごいキレイだ。姫の……」

彼女の胸元に視線を向けたノエルの、夢見心地とも思える声。空気に触れる肌が、何かを期待するように切なく疼いた。

「かわいすぎて食べちゃいたい。ね、姫、ここ食べさせて……」

「んん……っ！」

――そんなこと、してはいけないのに！

はしたなく尖った部分を、ノエルの唇がかすめる。左右に顔を揺らし、下唇でくすぐっては彼が甘い吐息をもらした。

「ん、ん……っ、んぅ……」

体を洗うときに侍女に触れられるのとは全然違う。ほんの少しかすめては遠ざかり、また戻ってきてはもどかしいほどのじれったさで胸先を擦って離れていく。

「感じてくれてる？　さっきより尖ってるね。嬉しいよ」

違う、感じてなどいない。

そう言いたいのに、声は出ない。

なんとかして彼の手をどかさなければ、とクレアが両手でノエルの左手首をつかんだそのとき——。

「っ！　ん、んん……っ」

ちゅうっと音を立てて、ノエルがいとけない突起に吸いついた。

熱くとろけるやわらかな口腔《こうこう》、それが敏感な部分に絡みつき、甘く吸いあげられるとつま先までびくびくと痙攣する。

——どうして強く拒めないの？　こんな……こんなふうに、男に翻弄されるような女ではいたくないのに……！

ただ快楽だけで縛られる。自分を王女として律してきたクレアにとって、現状は耐え難《がた》いものだ。

しかし同時に、強引な愛撫《あいぶ》が彼女の強がる心を解《ほぐ》していくのも感じている。どれほど王女らしくしようとしても、クレアはただの十七歳の少女でしかない。その事実を突きつけられている気がした。

「姫、かわいいよ、大好き……」

顔を上げたノエルは、極上の笑みを浮かべてクレアを見つめる。その瞳には、純粋な幸福感だけが広がっていて、ひたすらに彼女を想う愛情が映しだされていた。

「こっちもかわいがってあげないとね」

「っ、ん、うう……っ」

ノエルの左手から逃れようと、懸命に首を左右に振るも彼女の口を塞ぐ手はびくともしない。

宣言どおり、もう一方の胸に彼が吸いつき、クレアの体は痺れたようにびくびくと震えた。

腰の奥から手指の先、足のつま先、そして美しい銀髪の一本一本までもが痺れ、ノエルの与える刺激に打ち震える。

自由な右手は彼女の左胸を揉《も》みしだき、裾野から持ち上げては人差し指で乳首を転がす。

——おかしくなってしまう。こんなことを続けられたら、わたしは……！

刹那、きつく右胸を吸い上げられ、彼の唇に心まで搾り取られる感覚にクレアは腰を跳ね上げた。引き裂かれたナイトドレスが無残に敷布の上に広がっている。

「どうしたの？　気持ちよすぎて、我慢できない？　——もう、大声を出したりしないよね。助けに駆けつけた兵にこんな格好を見られるなんて、姫もイヤなはずだよ」

言われずともわかっていた。

たとえ自由に声を出せるようになろうと、淫らに肌をさらした姿で兵を呼ぶことはクレアにはできない。それだけではなく、今この現場を見た人間は十中八九、ノエルがクレアを犯していると判断するだろう。

まごうことなき事実ではあるが、そうなればノエルは不敬罪で死に追いやられる。

——組み敷かれるのも嫌。けれど、ノエルがわたしのせいで死んでしまうなど、もっと嫌だ……！

だが、会話さえできればノエルならわかってくれると信じたかった。いつも朗らかで、誰からも愛される明るいノエル。きっと彼は、少し道に迷っているだけだと、こんなことをされてもクレアは心から思っている。彼女はまだ、幼なじみが何を画策しているのか知らない。

ゆっくりと彼の手のひらが離れ、左手首をつかんでいたクレアの両手がしどけなく胸の上に落ちた。

「は……、ぁ……、ノエル、話を……」

息がうまくできず、頭がぼうっとする。まぶたの裏側で、白い光が明滅していた。目を閉じたまま、荒い呼吸を繰り返す。両手を置いた胸が激しく上下した。

「話はあとで。邪魔が入ったら困るから、早く姫がほしいんだ」

いかな暗闇とはいえ、自ら視界を放棄して目を閉じたクレアが悪かったのだろう。彼女が自分を取り巻く世界から目を伏せている間に、ノエルは下方へにじってクレアの両膝をつかんでいた。

「いえ、先に、話を……」

「先に？　つまり姫は、話をしたあともオレにこの行為の続きをさせてくれるの？」

破れたナイトドレスが腰までたくし上げられる。下肢が空気に触れ、クレアは自分が今もまだ危険な状態にあることを思い知った。

「何を……っ！　あ、い、イヤっ！」

ナイトドレス一枚で眠っていた彼女の体は、薄衣を剥《む》かれてしまえば男の手を遮るものとて何もない。

顕《あらわ》になった下腹部は白くなめらかで、抵抗よりも早く左右に割られた膝がノエルの体を跨《また》ぐように押し広げられる。

「愛しあうための準備だよ、姫。こわがらないで」

「やめて……！　やめてください！　こんなこと、人に知られたらどうなるか……」

「知られるって誰に？　――サディアス、とか？」

先刻から幾度も口にしている友の名を、今またこの段になってノエルが唇に乗せる。しかしいつもは明るい笑みをたたえる唇が、かすかに歪んでいた。

黒髪の幼なじみの姿を思い浮かべ、クレアは奥歯を噛みしめた。

サディアスは、彼女がノエルに陵辱されかけていることを知ればどうするだろう。クレアの名誉を守るため、裁判などせずにノエルを斬り殺してしまうのではないだろうか。しかし、とはいってもノエルは護衛軍きっての剣の使い手だ。サディアスとて無事では済むまい。

――いえ、落ち着かなくては。先ほどからノエルはサディアスもこの事態を知っているような口ぶりだわ。だとしたら……。

考えをまとめる時間は与えられなかった。

ノエルの言葉が彼女を現実に引き戻す。

「こんなときに、ほかの男のことを考えるなんて姫はひどいね。でも、もう考えさせない。もしも姫がサディアスを好きだとしても……全部オレのものにするって言ったよね」

はっとして上半身を起こそうとしたクレアの足の付け根に、ノエルはなんら躊躇《ためら》いなく顔を埋めた。やわらかな内腿《うちもも》が彼の頬《ほお》を包み込む。それは決して、クレアが望んでしたことではなかったが。

「あぁッ……!? い、イヤ、なぜそんなところに……っ」

無垢《むく》な合わせ目が、ねっとりと濡れた舌で舐《ねぶ》られる。彼女の両足を肩にかけ、ノエルは右手の人差し指と中指で淫畝を押し広げた。

「やめて、やめてください、ノエル……!」

返事の代わりに、未踏の蜜口に舌が突き入れられる。舌先を硬く尖《とが》らせ、くにくにと体の内側へ入ってくるその感覚は、クレアから平常心を奪っていった。

「ひ……っ、そんなところ、お願いです。お願いですから、舐めないで……!」

腰を左右に揺すり、なんとかして彼の舌から逃れようとするほど、クレアの体の奥深くへノエルの舌が侵入する。

生まれてから十七年、彼女の内部に触れる人間はいなかったし、当然彼女自身も触れたことはない。その柔襞に舌先が擦れ、解《ほぐ》すように押し広げられると、触れられてもいない最奥から熱い媚蜜が滴り落ちる。

「いやぁ……っ！」

ぬちゅぬちゅと音を立て、狭隘《きょうあい》な淫路を舌が擦りたてていく。その動きに導かれるように、クレアの知らない快楽の器官が疼きはじめていた。

「かわいいよ、姫。ほら、こんなにあふれてきた。ねえ、もっと、もっとちょうだい」

熱いしずくを舌に絡め、すするようにノエルが呑み込む。まるで砂漠で倒れた旅人が、目の前に現れた泉の水を飲むように、彼の唇は激しく、彼の舌は貪欲だった。

「う、あぁ、イヤです、お願い……っ」

指で広げられた媚畝も、ノエルの唾液かクレアの淫蜜か判別できないもので濡れている。音を立てて吸われるたび、腰の奥が熱くなっていっそうはしたない蜜があふれるのを止められない。

――イヤなのに、こんなことやめてほしいのに……どうして、わたしの体は感じてしまうの？

ザカリーの生前であっても、クレアは異性と火遊びをしたいと思ったことはなかった。王女という立場を顧みれば当然のことかもしれないが、それだけではなく彼女は夫となる相手以外に体を開くなど、考えられなかったのだ。

生涯の伴侶となる、相手に。

その意味合いは、ザカリーの死後多少変わってきているとはいえ、それでもクレアの気持ちに変化はない。

——だからノエルは、彼を受け入れないわたしを強引に抱こうと……？

クレアの性格をよく知る彼ならば、女として異性を受け入れた彼女が別の男性と結婚できるとは考えないだろう。事実、純潔を失った場合、クレアは自分には結婚する権利がないと判断する。ザカリーの生前であれば、確実に彼女は修道院へ向かったはずだ。

だが今は違う。

王家の最後の直系として、クレアには国を守る王を産む義務があるのだ。彼女の産む子が国の礎《いしずえ》となり、その孫が新たな時代を拓《ひら》き、連綿と続く王の系譜を絶やすことは許されない。

「ノエル、ノエル……っ」

粘膜を擦りあわせるノエルの舌が、激しく彼女を追い立てた。

快楽の波が押し寄せるたび、クレアは白いのどをのけぞらせ、寝台の上で身を捩る。けれど決して終わることのない屈辱の快感は、彼女の知らぬ扉の手前で引き返してしまう。

「ねえ、もういい？　もう我慢できないよ、姫……」

「や……っ……」

ぷっくりと腫れた花芽を指で弾いて、ノエルが上半身を起こす。

逃げなければ、逃げなければいけないのに……。

みだりがましく膝を開いたまま、クレアは寝台の上にしどけなく仰向《あおむ》けになり、指一本さえ動かせないほど快楽に支配されていた。

軍の制服である乗馬ズボンの前をくつろげ、ノエルがそこから猛々《たけだけ》しくそそり立つ雄槍を取り出す。

薄闇の中でも淫靡な露に濡れた亀頭は、明るく朗らかなノエルとあまりにかけ離れた雄《オス》の欲望そのものを形取っていた。

「お願い、お願いです、ノエル……」

これ以上はどうか許してほしい。

その願いを込めた声に、彼は笑顔を向けた。

「嬉しいよ、姫。そんなにおねだりしてくれるなんて、オレを受け入れてくれるんだね」

この局面にそぐわない彼の笑みは、まさに大きな誤解によるものだ。ねだってなどいない。ましてや、彼を受け入れる覚悟ができたわけでもない。

ただ、屈辱に満ちたこの行為をやめてほしいと懇願しただけのクレアに、楔《くさび》の先端が打ち込まれる。

「ち、違いま……、あ、あああぁあぁッ……！」

未踏の隘路《あいろ》に突き立った、ノエルの情欲《じょうよく》。

先端部分が埋め込まれただけで、クレアの全身から汗が噴き出す。すべらかな白い肌は赤く染まり、痛みに抗う粘膜が怯《おび》えたように震えていた。

「……違わない。姫、これでもうオレだけのものだ、……く……っ」

濡れに濡れた蜜口は、目一杯に押し広げられている。くわえ込んだ雄槍はあまりに太く、そしてあまりに逞しく、クレアは寝台に磔《はりつけ》にされたように身じろぐこともできなくなった。

「力を抜いて……、姫、こんなに締めつけられたら、奥まで入れられないよ……」

「イヤ……、イヤです、抜いて、抜いて……っ」

つま先をこわばらせ、クレアは震える声で彼を拒絶する。それでも彼女の淫路は、初めて受け入れる男をより奥へ誘い込もうとはしたなくうねっていた。

「ほんとうは、あまりひどくはしたくなかったんだけど……」

大きな両手が彼女の細腰を左右からつかむ。

次の瞬間、身構える間もなく彼女の最奥へと約定の楔が打ち込まれた。

「…………っ、ぁ、……っく……！」

悲鳴をあげることもできず、痛みと圧迫感に涙がこぼれる。呼吸さえできぬほどの激しい衝撃。それは、クレアの純潔が完全に散らされたことを意味していた。

「全部、つながったよ、姫……」

——嘘《うそ》だ。これは悪い夢に決まっているわ！

優しく優しく彼女の腰を撫で、ノエルは指先を這《は》わせて次第に腹へ、そして胸へと手を伸ば

す。

「これで姫はオレの女だね。もう、サディアスにもわたさない。オレだけの……」

「い、痛……っ」

彼の両腕がクレアの肩を抱きしめ、胸と胸が密着した。すると、すでに深部まで到達していたはずの楔がさらなる奥へと押しつけられる。

あられもなく両足を開かれ、その中心に男を受け入れながらも、クレアは決して王女としての誇りを捨てまいと奥歯を噛みしめた。

もしも今、彼女がノエルを受け入れると言ったところで、おそらく彼は信じないのだ。この痛みから逃れるために、口先だけの言葉を言っていると思われて終《しま》いだろう。

『あなたはわたしの大切な友人です。何があってもそれは変わりません』

奇《く》しくも、中庭で去り際に彼女が口にした言葉がクレアを崖っぷちでつなぎとめていた。奪われ、犯され、屈辱的な破瓜《はか》を迎えても、彼女の気持ちは変わらない。十二年もの間、彼女を支えてきてくれた友人への想いは、何があっても変わるものではないのだ。

「……あなたは、わたしの……」

涙に濡れた瞳で、クレアはノエルを見つめる。

——あなたのしたことは許されないことだけど、これほどまでに追い詰めたのはわたし。罪を犯したのは、わたしのほう……。

「大切な友人です、ノエル……」

頬を伝う涙は熱く、のどの奥に押し殺した嗚咽《おえつ》が胸を苦しくさせる。何より、狭隘な粘膜を押し広げる剛直が彼女を圧迫していたが、それでもクレアは弱々しく微笑んだ。

「……そんな言葉、ほしくない。姫、きみが好きだよ」

肩口に額をつけ、ノエルはぐっと腰を離す。

じくじくと痛む内部が圧迫から逃れ、クレアは大きく息を吐いた。その瞬間、このまま抜いてもらえるのかと思って油断していたか弱い濡襞が、またしても楔に穿《うが》たれる。

「ぁ……ああっ！」

ただ突き立てられただけでは留《とど》まらず、それはクレアの内側を立て続けに往復しはじめた。

「イヤ！　イヤ……っ、やめてぇ……っ」

互いの粘膜が擦れあい、腰と腰がぶつかりあう。体の内と外から水音が聞こえ、クレアは背を浮かせるほどに体をしならせた。

「好きだ、好きだよ……、愛してる、姫……っ」

残酷な愛の言葉を囁きながら、苦しげな呼吸でノエルが腰を振る。そのたびに、腰の奥に火がついたような痛みと慣れない愉悦が湧き上がった。

「う……っ、あ、もう……、やぁ……っ、おねが……」

白い指でノエルの背に爪を立て、クレアは焼けるようなのどから声を絞り出す。だが、かすれた声は言葉を成さず、嬌声《きょうせい》に似た響きで断続的にこぼれるだけ。

「ずっと好きだった、姫のことだけを見てたんだ。愛してる、こんなに愛してるんだよ、姫……」

彼女を抉《えぐ》る烈愛が、ノエルの言葉に呼応するように切っ先を膨らませる。すでにクレアの中はこれ以上ないほどに広げられているというのに、膨張した亀頭は深奥にめり込んで道筋をつけようとする。

「ああ……っ、愛してるよ……、オレだけの……クレア……！」

ひときわ強く腰を押しつけて、ノエルがせつなげな声で彼女の名を呼んだ。

劣情はぶるりと先端を震わせ、次の瞬間、弾かれたように脈動した。

「あ……、ぁ……、イヤ、ノエル、嘘……」

どく、どくっ、と白濁が放たれる。

その感覚に、クレアは両目を見開いた。精を受ければ子ができる。王宮深く暮らしていたとはいえ、その程度のことは常識だ。

「抜いて、抜いてください……。お願いです、出さないでぇ……！」

泣き叫んでも時すでに遅し。

クレアのもっとも深いところに、熱い飛沫《しぶき》が打ちつけられている。激しくあふれる情慾の残滓《ざんし》は、隙間などないほどの剛直を受け入れてなお、蜜口からとぷとぷと精をしたたらせた。

「これで……姫は全部、オレのもの。もう二度と離さないから……」

耳朶《じだ》に唇を寄せ、ノエルがまだ熱の冷めない声で囁《ささや》く。首筋も背筋も、ぞくぞくと震えるほどだが、クレアはまだ自分を許すことができない。

──早く掻《か》き出《だ》さなくては、そうしないと孕《はら》んでしまうかもしれない……。

力の入らない両手で、必死に彼女はノエルを押しのけようとする。しかし、まだ吐精の終わらないノエルはクレアをきつく抱きすくめた。

「全部、ちゃんと姫の中に出させてよ。姫だって、早く結婚して跡継ぎを設けたいんでしょう？　オレ、頑張るから。毎晩たっぷり姫のこと愛す……ぐッ」

何が起こったのかわからない。

ただ、突如として彼女にのしかかっていた重みが消えた。同時に、あれほど激しく粘膜を擦りたてた雄槍もずるりと抜き取られる。

──ああ、やっと終わった、やっと……。

事態を把握しないまま、ほの暗い安堵に彼女は涙をこぼした。震える体を起こすこともできず、クレアはただ寝台の上に横たわっている。

けれど、少し考えればわかったはずだったのだ。

ノエルは自らの意思でクレアから離れたのではないと……。

「誰が勝手にこのようなことをしろと命じた、愚犬が」

呪詛《じゅそ》に勝るとも劣らぬ恨みのこもった低い声が聞こえてきた。怒りに震えながらも、状況を把握しきった声の持ち主は、大声を出すことを避けている。

それは、よく知る声。

クレアにとって、もうひとりの失えない存在——サディアスの声だった。

「おまえが遅れてきたのが悪いんだぜ、サディアス。姫はもうオレの女だ」

同じくノエルも激昂《げきこう》するわけではなく、どこか自嘲の響きのある静かな声で応える。

——こんな姿を見られるだなんて……！

重い手足に力を込め、クレアはなんとか起き上がる。無残に引き裂かれたナイトドレスをかき集め、胸元を覆い隠そうとした。

「梼昧《とうまい》が浅はかなことを言う。さて、この程度で姫を自分のものにできるかどうか、そこに寝転がって考えるがいい」

「ぐっ、ごほッ……」

床に尻をついたノエルの腹に、サディアスの靴のつま先がめり込むのが見えて、クレアは短く息を吸う。

「や、やめてください、サディアス……！」

「……あなたは、こんなときでもこの男をかばうのですか……？」

振り向いたサディアスの眼鏡の奥で、水色の瞳が悲しげに歪んだ。

「……わたしが悪いのです。ですから、罰するならばわたしを！」

ノエルをこれほどまでに追い詰めた責任は自分にある。犯されたうえでなお、クレアは心底そう思っていた。

「そういうことですか。ならば――」

「ぅあッ……！」

もう一撃、同じ場所をめがけて蹴りつけたサディアスが、ロングコートの裾を揺らして寝台へ近づいてくる。

床にうつ伏せになったノエルは、苦しげに呻《うめ》いていたが痛みに気を失ったのか、声をあげることもなくなった。

「そのように不安げな顔をなさらずとも、あの程度で駄犬は死んだりしませんよ。さあ、まずは姫のお体を清めましょう」

「サディアス、それはどういう……？」

淑女としてあるまじき格好で、寝台の上に座るクレアの上にゆらりと影が落ちた。

「一国の王女ともあろうお方が、望まぬ男に犯されて孕むなど、許されないことだとお気づきでございましょう？」

何もかもが異常な夜だというのに、サディアスの口調はまるでいつもどおりだった。質問しているようでありながら、彼は先に答えをクレアに気づかせる。子どもに教えるときの要領で、形式だけは問いかけているふうを装う。

「そ、それは当然です。しかし……」

放たれた精を掻きだして済む問題なのだろうか。

クレアは今なお蜜口からこぼれるノエルの精を感じて、ひくりと肩を震わせた。

「あのような下賤《げせん》な犬の放ったものに、姫のお手をわずらわせるなどいたしません。どうぞ、我が指をお使いになってください」

博識なサディアスなればこそ、なんらかの方法を知っているのかと思ったが、彼の言葉にさあっと血の気が引く。なんとすれば、彼は指で掻きだすと——しかも、クレア自身の指ではなく、サディアスの指を使うと言っているのだ。

「そのようなこと、できるはずがありません！」

「ご心配なされますな。一滴残らず掻きだしましょう。我が姫が、駄犬に犯されたことを忘れられるまで、幾度でも……」

水色の瞳は、常なる冷静さがかき消えるほどの怒りに燃えていた。その目に射貫かれて、クレアは全身が硬直したように動けなくなる。

「さあ、足を広げて膝を胸につけてください。動かれますと危険ですので、刺激に耐えられるよう、ご自身で膝を抱いているのがよろしゅうございます」

「い、イヤ……っ。そんな格好、できません……」

抵抗するクレアの声は泣き声に似て、か弱く震えていた。いつもならば、サディアスは彼女の矜持を傷つける方法など提案することもないというのに。

「ならば、孕んでもよろしいとのお考えでしょうか？　その可憐《かれん》な体に、下卑た愚犬の子を……？」

「っ……、ノエルは犬などではありません。それはサディアスとて知っているはずで……」

最後まで言うことを許さぬとばかりに、サディアスは乱暴にクレアの体を寝台に倒した。

「緊急事態でございますので、無礼、無作法をお許しくださいませ」

「は、放してください、サディアス！」

軽く押さえつけられているだけだというのに、犯されつくしたクレアの体は力が入らない。そして、それすらも見越していたのか、サディアスは簡単に彼女の両足を押し開いてしまった。

「いや、み、見ないで……っ」

破瓜の証《あかし》がかすかに残る淫畝、無理矢理に女に成らされたばかりの蜜口がひくひくと震え、粘膜が蠢くたびに奥に吐き出された精をしたたらせる。

「失礼いたします、姫」

左手でやわらかな畝を押し開くと、サディアスは右手の手袋を前歯で噛み、指から引き抜いた。

「……いや……、いやです……」

枕に右頬を押しつけ、クレアは先刻までとは異なる屈辱に唇をわななかせる。

純潔を奪われ、男の精を放たれ、あまつさえ別の男にその箇所を検《あらた》められるなど、十七歳の少女にはどれほどの苦痛であろうか。

だが、無情にもサディアスの中指と薬指は、クレアの蜜口にねじ込まれた。

「ひ……っ……」

「これはこれは……、まだずいぶんと姫の中は固く閉じていらっしゃるようですね。しかし、よく掻きださなくてはなりません。こうして……」

淫路に二本の指を突き立て、サディアスは内部で指を動かしはじめる。たっぷりと潤った粘膜が、指に刺激されて淫靡《いんび》に蠢いた。

「ああ、掻きだしても掻きだしても出てまいります。姫、もっと奥まで犯されてしまったのではありませんか?」

「……し、知りません……っ」

指よりももっと長いもので貫かれたのだ。サディアスが指の付け根まで押し込んだところで、最奥にはまだ少し遠い。

「さようでございますか。では、何度射精されたのです?」

「そ、そんなこと……っ」

「仰《おっしゃ》ってくださいませんと、いかほどの量の精が姫の中にあるのか予測できません。何度されたのですか?」

ひどく冷徹な物言いだというのに、彼女の内側で動く指は優しい。そのせいで、クレアの体はまたも甘い疼きに襲われていた。

「い、一回、だけ……」

「それにしてはずいぶんな量のようですね。では、いったいどれくらいの回数、姫は中を突き上げられたのですか?」

「わかりません、そんなこと……!」

含羞《がんしゅう》に頬だけではなく、鎖骨のあたりまで薄赤く染めて、クレアは両手で顔を覆う。

「いけませんよ。きちんと答えてください。あの男のもので、姫のいたいけな粘膜を擦られたのでしょう? 無理やり犯されて、姫は純潔を散らされたのです。さあ、何度突かれたのか思い出してこのサディアスに仰ってください」

柔唇を左右に押し広げていた左手が、白手袋をつけたままで小さな花芽をくいっと押しこむ。

「ひ……っ……」

人間の肌とは違う、ざらついた感触にクレアは腰を揺らした。すると、それを追いかけるようにサディアスの左手がいっそう花芽を擦りはじめる。

「数えられないほど激しく突かれたのですか? それとも、答えられないほど長い時間犯されていらっしゃったのですか?」

恥ずかしい言葉で責め立てられながら、クレアの粘膜はサディアスの指を食いちぎらんばかりに収斂《しゅうれん》している。いったんは終わったはずの悦楽が、またも新たな火種をもって熱にまみれる。

「わ、わからないのです……っ、ほんとうに……」

「いけませんね。正直に答えられないだけではなく、私の指をくわえ込んで、またもこんなにひくついていらっしゃるのですよ？　姫はかように愛らしいお姿をしているというのに、淫乱なのでしょうか……？」

「違……っ、ああ、ぁ……っ」

花芽と隘路を同時に刺激され、クレアの体は全身に張り詰めた快楽の糸を引っ張られるような、自分でもどうにもできない果てに近づいていた。

「指で掻《か》きだすのには限界があるようです。仕方がありませんね」

「あ、あぁ……、サディアス、これ以上は……」

抜き取られた指に、安堵だけではなく一抹の寂しさを感じずにいられない。たった一度の行為によって、クレアの体は完全に作り替えられてしまったような気さえする。

――あるいは、知らなかっただけでわたしはずっと、こんな淫らな女だったというの？　そんなわけ、あるはずがない！

はあはあと肩で息をする彼女の、ぽかりと口を開けた場所に、予期せぬものがあてがわれた。

「……え……？　い、イヤ！　どうして……っ」

神学校で最高学位を修めた証である、濃紺のロングコート。その裾をめくり上げ、サディアスは獰猛《どうもう》な情慾の昂《たか》ぶりを右手で握っている。切っ先がクレアの濡れた間《あわい》を上下に往復し、同時に先ほどまで彼女の内側をなぶっていた指についた媚蜜を刀身に塗りつけるサディアスの淫らな動き。

「姫、よくご覧ください。男のものというのは、この部分が張り出していますね？」

「……っ」

見ろと言われたところで、彼のしようとしていることを理解するつもりは毛頭ない。理知的なサディアスが、なぜこのような行動に出たのか。

「ご覧にならないのですか？　では、体で覚えていただきましょう」

「い、いりません！　体で覚える必要もないのです！」

「そうは参りません。この張り出した傘は、自分以外のオスが残した精を掻きだすのに役に立つのです。野生の動物は、自らの子孫を残さなくてはなりませんからね」

それがどうしたというのだろう。

どのような理由だとしても、クレアが今からサディアスに犯される理由にはなりえない。

「指で掻きだせないのですから、仕方がありません。これで、姫の中に残る穢《けが》れを掻きださせていただきます」

「や……っ……！」

ぬぷ、とサディアスの劣情が体の内側に入り込む。

さんざんノエルに貫かれ、今またサディアスに指で弄《いじ》られた体は、クレアの望むと望まないとは無関係に、男を迎え入れる準備を整えていた。

「あああぁあ……っ、イヤ、やめて、サディアス……っ」

初めてのときよりもなめらかに、粘膜は雄槍を受け入れていく。濡襞はとろけるように熱くなり、剛直をくわえ込まされた蜜口はせつなさにひくついた。

「ああ、まだこんなにあふれてきます。姫、こんなに奥まであの男を受け入れたのですね……？」

ゆっくりとした抽挿で、サディアスは亀頭でこそげとったノエルの白濁を指にすくう。

「わかりますか？　あなたは、かような卑しい精をこの奥に放たれていたのですよ。これはすべて掻きださなくては、姫の心までもが穢されてしまいます」

「で、でも……もう、こんなこと……、あぁっ」

何度も何度も彼女の粘膜を抉り、サディアスが額の汗を拭った。

「こんなこと？　こんなはしたないことを、姫はなさったのです。私はただ、あなたの心の重荷を減らそうと尽力しているまで。姫、こうして男に貫かれるのがお好きですか？」

「……無礼です、サディアス……っ！」

「無礼は承知のうえでございます。ですが、あなたはこれでノエルと結婚することもできなくなられましたね」

――どういう……つもりなの……？

驚愕《きょうがく》に目を瞠った刹那、それまでのゆるりとした動きが急に速度を上げる。

「ひっ……、あ、っ、ああ、ぁ……っ……！」

腰を打ちつけ、嫉妬に狂った水色の瞳でクレアを見据えるサディアスは、唇に艶美な笑みを浮かべた。

「おわかりですか？　姫のことですから、純潔を奪われてほかの男に嫁ぐことなどできようがありません。ですが、こうしてすぐに私にも抱かれてしまったのです。一夜にふたりの男を迎え入れておきながら、最初に抱かれたというだけの理由でノエルと結婚するなど、できませんね……？」

サディアスの言っていることは的を射ているが、だからといって彼と結婚するということにもなるまい。

――大切な友人ふたりに、こんな……こんな痴態をさらすだなんて……！

けれど今なお彼女の空白を塗りつぶしているのは、サディアスの楔である。抗《あらが》う力も気力もなくして、クレアはただ揺さぶられるままに男を受け入れていた。

「さあ、そろそろ……全部掻きだせたでしょうか……？」

乱れることの少ないサディアスの息が、今は苦しげに喘《あえ》ぎを織り込んでいる。

「だったら……もう……っ」

「ええ、もうじゅうぶんです。私の精を、姫に注ぐ準備は整いました」

「な……っ……⁉」

寝台の上で、クレアは信じられない思いでサディアスの言葉を聞いた。

突き上げるばかりの一辺倒だった動きが、変わりはじめる。深いところに押しつけたまま、短く速い抽挿が彼女のやわらかな乳房を揺らす。

「やめ……っ……、あ、ぁ、サディアス……っ！」

「いいえ、やめません。あなたの純潔を散らしたのが誰であろうと、私はあなたを愛することをやめられないのです……っ」

びゅく、と深部に迸《ほとばし》りを感じて、嫌な既視感が胸にこみ上げた。

――また、中に……！

「ふ……、ぅ……っ、姫……、私の子を孕んでください……！」

二度目となるそれは、クレアの心に絶望を植えつける。

もしも今夜のことが原因で孕んでしまったとしたら、彼女には子の父親がわからないだろう。ましてや、結婚すらしていない王女が子を孕むなど、どれほどの罪に問われても反論ひとつできまい。

「いやぁぁあぁあぁ……っ……」

泣きじゃくり、消えそうなか細い声で彼女は悲鳴をあげた。

いつだって、三人でいられれば幸せだった。

悲しいことも苦しいことも、サディアスとノエルがいてくれたから耐えられた。大好きな兄を亡くしても、前を向いて生きていこうと思えたのはふたりのおかげだった。

――それなのに……。

――彼らが欲していたのは、わたしの体だけだというの……？

心を求められ、体を奪われる。

夏の夜は淫らな夢に惑わされ、王女は友人と信じてきたふたりに犯される、その絶望。

その背徳的な慾望。

それは、なんたる狂おしい愛慾《あいよく》か――。

「――ていうかひどすぎるだろ。おまえ、姫になんてこと言ってんだよ。姫があんなに恥ずかしそうにしてたってのに」

「貴様が勝手なことをしたせいだ。姫をいたわる発言をする前に己の愚行を反省すべきだろうが」

「あー、いや、だってほら、抜け駆けしてでも独り占めしたかったんだよ。仕方ないだろ、オレ、姫のこと大好きだしさ」
寝台に伏し、現実から逃避しようと目を閉じていたクレアの耳に、予想だにしない会話が聞こえてきた。

「姫をお慕いしているのは私も同じこと。そのうえで結論に達したというのに、犬風情はさすが脳も犬並みと見える」

「だからオレを蹴るのはいいとして、あんな抱き方して姫が怯えたらどうするんだよ」

「ハ！　笑止千万とはこのことだな。貴様にそんなことが言えるのか？　獣《けだもの》同然に姫を犯したのはどこの誰だ」

「えー、なに、おまえ覗いてたの？」

――ノエルは最初からサディアスと結託しているふうではあったけれど、これはいったいどういうことなの……⁉

力の入らない両手を寝台につき、クレアはなんとか体を起こした。ナイトドレスは体にまとわりつく布と成り下がっていたが、それを集めて胸元を隠す。

「ふ、ふたりとも、それはどういう意味なのですか⁉　あなたたちは、わたしを……」

最初から手籠《てご》めにしようと企《たくら》んでいたのか――。

あまりに過ぎた結論は、口に出すのも躊躇われる。

涙目のクレアに睨まれて、男ふたりはそれぞれ彼女に駆け寄った。

「オレたちは姫のことが大好きなだけなんだ。ちょっと……っていうか、結構オレが暴走しちゃったけど、今夜は姫と三人で話し合うつもりだったんだよ」

話し合いをする予定が、サディアスの到着が遅かったから純潔を奪うことに変更されたというのなら、さすがにそれは乱暴な展開だ。

「そうです。我々はクレア姫をモーリス殿下に奪われるなど耐えられませんでした。無礼な行いをいたしましたが、本来であれば姫にお選びいただくつもりでいたのです」

寝台の左側にノエルが、右側にサディアスがしゃがみ込み、ふたりはクレアをじっと見つめている。

「選ぶ権利など、わたしにはないと何度も申しているではありませんか……」

王女らしくないどころか、淑女としても失格なみだりがましい格好で、クレアは男たちの視線を感じながらうつむいた。

今もまだ、ふたりの熱を受け止めた腰の奥がじんじんと疼痛《とうつう》を訴えている。

——サディアスはノエルの放ったものを掻きだすと言っていたけれど、このままではサディアスのもので孕んでしまうのでは……？　いいえ、そもそもノエルのものを掻きだせたのかどうかもわからないというのに……！

ふたりの幼なじみに交互に犯された、その事実を痛感したクレアの内側がきゅう、とせつなく窄《すぼ》まった。同時に奥深く吐き出された精が足の間にこぼれてくる。

「……っ、ん……！」

粘膜を伝い、蜜口からしたたる熱い欲望の証液に、こらえきれず彼女は身をこわばらせた。

「何も結婚相手を選べと申しあげるつもりではありませんよ、姫。我々はあなたに初夜の相手はどちらがいいか選んでいただこうと思ったのです」

恥ずかしげに腰を揺らしたクレアを見つめて、彼女の動きの理由もお見通しなのか、サディアスが水色の瞳を興味深そうに細める。

「な……、何を言っているのです。初夜というのは、結婚した男女が迎えるものであって……！」

だが、今さら何をか言わんやというものだ。

正式な意味合いでの初夜ではなく、サディアスが言ったのはクレアにとっての初めての夜ということだろう。

——こんなことが人に知られれば、彼らは無事でいられない。わたしさえ黙っていれば……。

「もちろん、ほんとうなら結婚してからだよね。だけどね、姫、愛に溺れる恋人同士は結婚を待ちきれずに心を重ねちゃうことがあるんだよ」

前髪をかき上げたノエルが、悪びれることなくにっこりと笑いかけてくる。

「オレのほうが大人なのに、姫に痛い思いをさせてごめんね。心配いらないよ。次からは絶対優しくするからね」

ふわりとやわらかな金髪が揺らぎ、耳の上に軽く編み込んだ部分が見えると、幼い日のことを思い出す。

器用なサディアスがクレアの髪を編む姿を見て、ノエルが自分もやりたいと言った日のこと、クレアの髪をさわるには美しい三つ編みができるようになってからだと叱るサディアスの声、なぜかサディアスの髪で練習をするノエルの真剣な表情、不機嫌そうにしながらも丁寧に教えるサディアスを見ていてなんだか笑ってしまった、あのころ――。

もう戻らない。

もう、戻れない。

だからこそ尊く、だからこそ愛《いと》しい、クレアの思い出の世界。

――戻ることはできなくとも、わたしはこんなことで大切な友人たちを失いたくない。そう、十二年もの間培った友情に比べれば、たった一夜の過ちなんて忘れることができる。

すべてを忘れたふりをし、何事もなく枢密院の選んだ相手と結婚すればいい。クレアは覚悟を決めてふたりにそれを告げようとしていたが、サディアスとノエルはひどくあっけらかんとしている。

「駄犬がまた戯言《たわごと》をほざくものだ。誰が貴様に次の機会を与えると言った？　選択はまだ終わっていないだろうが」

「えー、だって、こんなことになったら姫も選びようがないよ。だからこそ、男らしくオレが全力で姫を口説くべき！」

「犬の言語まで理解できる聡明《そうめい》な姫に感謝しろ」

「なんでサディアスに感謝を要求されなきゃいけないんだよ！」

すでにふたりとも、衣服の乱れを正していることに気づき、クレアは自分のナイトドレスの惨状を改めて確認した。これではどうにもなるまい。諦めて上掛けを引き寄せようと右手を伸ばす。

「だからね、姫！　選べないなら、それはそれで選択だと思うってことなんだ！」

上掛けをつかむ寸前に、彼女の右手をきゅっとつかんでノエルが緑色の瞳を向けてくる。

正直なところ、クレアは混乱しきっていてふたりの会話もろくに理解できていない状況だ。

「あの……ですから、わたしに選択する権利はないと言っているのですが、おふたりは聞いて

いますか？」

しゃらりと小さな音、それはサディアスの眼鏡の鎖がたゆんだときに聞こえてくる。クレア

の左側に佇《たたず》むサディアスが、眼鏡をはずして穏やかな笑みを浮かべた。

「クレア姫、混乱も当然かと思います。ですので端的に説明をさせてください」

「は、はい……」

サディアスが舞踏会でダンスを申し込む紳士のように一礼すると、黒髪が優雅に揺らぐ。

「今夜、姫に初夜の相手を選択いただこうと思っていたのですが、思いがけずかような状況と

なりました。そして現在も姫は決断ができないご様子、間違いないでしょうか?」

「そう……ですね」

彼らのどちらかを未来の夫として枢密院に進言しろと言われているのかもしれないが、クレアとしては個人の我儘《わがまま》で国の行く末を左右したくない。

つまりは、サディアスの言うとおり決断ができないということだ。

「だから、ゆっくり選べばいいと思うんだよ」

「……結論だけを勝手に言うな、痴《し》れ者《もの》が」

それまでの穏やかな笑みが嘘だったかのように、サディアスはノエルをひと睨みしてから、再度完璧な笑みでクレアに向き直る。

「姫は、我々のことを大切な友人と仰《おっしゃ》ってくださいました。友人が恋人に、ひいては生涯の伴侶になっていけないということはございません。どうぞ、大切だと仰ってくださるのならば、我々との未来をご検討いただきたいのです。その結論が出るまでの間、姫のお時間を少々、わけてくださいませんか?」

長い銀の睫毛《まつげ》を瞬《しばたた》かせ、クレアは心持ち首を傾げた。

いつもならばわかりやすいサディアスの説明が、今はまったく理解できない。彼らを大切な友人と思うならば、彼らとの未来を検討せよ。そして、結論が出るまで彼女の時間を――。

考えがまとまりそうにないクレアを見かねたのか、ノエルがぐっと右手を握りしめる。

「サディアスの説明はわかりにくすぎる。姫が困ってるじゃないか。あのね、姫、簡単に言うとこれからオレたちとたくさん愛しあって、どちらを夫にするか選んでほしいってことだよ？」

「あっ……⁉　愛しあう、というのは、その……」

あまりの直球に、今度は違う意味でまばたきを繰り返す羽目になった。そんなクレアを満足そうに見つめるノエルと、額に手をやってため息をつくサディアス。

「情緒や礼儀というものを解《かい》さない男と比べられるのは悩ましい思いですが――端的に言えば、ノエルの言ったとおりになりましょう」

「そんなことがまかり通るものでしょうか⁉　おふたりとも、何を言っているかわかっているのですか？」

見比べた黒と金の青年たちは、それぞれ決意を瞳に宿している。

「枢密院が決めた相手じゃなく、姫を愛してる男と結婚してほしい。それがオレであれば、最高に幸せだよ。絶対幸せにするから、オレを選んで？」

ノエルの明るくて無邪気な愛の告白に、胸が甘く疼《うず》くのを止められない。

「あなたの結論を枢密院に、そしてこの国の国民すべてに納得させるだけの準備が私にはあります。その華奢《きやしや》な肩には重い荷を、どうぞ私にも背負わせてください。そして、生涯、あなただけを愛する権利を与えていただきたいのです、姫」

サディアスの静かな声には秘めた情熱が感じられ、心臓が早鐘を打つ。

「わたしは……」

選ぶ権利がない。

何度、彼らに同じ言葉を繰り返しただろうか。愚直にひとつの道だけを歩こうとしていたクレアは、ゆっくりと息を吸い込む。

「ふたりの気持ちはわかりました。真剣に考えてみようと思います。……ただ、その、愛しあうというのは――」

「ありがとう、姫！」

都合のいい部分だけを聞き取って、ノエルがクレアに抱きついた。いっそ、こうなると続きを言わせまいとしているのではないかと邪推しそうになる。しかし、ノエルに邪心などありはしないのだろう。

――たくさん愛しあうというのはよろしくないことだと言いたいのに……！

「臣下の提案に耳を傾けてくださる、あなたの優しさを愛してやみません」

サディアスが白手袋をはめた手でぐいぐいとノエルを押しやりながら、クレアの顎をもう一方の手でくいっとあげさせる。

「あの、あのですね、ふたりとも、聞いてくださ……」

「痛いってば、サディアス！」

「黙れ、犬畜生」

「ちょ、ちょっと、あの……！」

カーテンの外は、気づけばずいぶんと明るくなってきていた。

そろそろカーラがやってくる時間かもしれない。そうでなくとも、早朝から騒いでいては侍女たちが心配してもおかしくない。いや、だがそれよりもまず、愛しあうことは抜きにして考えさせてほしいと言わなくては――。

「大好きだよ、姫」

「愛しています、姫」

左右から頬にキスを受け、クレアは真っ赤になって顔を覆った。

「ふ、ふたりとも、あまり意地悪しないでください……！　わたしは、こういうことに免疫がないのです」

その仕草があまりにかわいらしくて、男性たちが彼女を奪いあうことになるなど、当然彼女はわかっていない。

第三章

まだクレアが六歳のころのことだ。

王宮の中庭に、護衛軍元帥であるブライアンが、屈強な兵士数名を集めてクレアのためのブランコを作ってくれた。

黒胡桃《くろくるみ》の木でできたブランコに座ると、いつもサディアスとノエルが交替で揺らすもので、彼女は自力でこぐということを知らなかった。ブランコとは、誰かを座らせて揺らすのが楽しいのかとさえ思っていたほどだ。

『サディアス、もう十回やったから交替しよう！』

父親の軍服の上着を勝手に拝借して、長すぎる袖を折り返したノエルが、乳歯の生え変わりで側切歯の抜けたかわいい笑顔で言う。

『数もかぞえられないのか？　これで七回だ』

真新しい眼鏡をかけたサディアスは、このときばかりは大好きな書物をベンチに置いて、クレアがブランコから落ちることのないよう細心の注意を払っている。

『ずるい！　絶対もう十回こえたよ！』

『まだ八回だ』

『あー、もう！　オレも早く姫のブランコ揺らしたい！』

最初のころはそんなやりとりが幾度も繰り返され、次第に子どもたちはクレアのブランコを揺らすときに声を揃えて数をかぞえるようになった。

『いーち、にーい、さーん、よーん……』

思えばあれが、クレアが数の概念を学んだきっかけだったのかもしれない。遊びのなかで、子どもは様々なことを学習するものだ。

——わたしの思い出には、いつもサディアスとノエルがいるのね。

バルコニーの窓ガラスにそっと指先を触れて、クレアは黒胡桃のブランコを見下ろした。

父ニコラス王の見舞いに来たものの、残念なことに老いた父は先ほどから眠っている。穏やかな寝息に安堵《あんど》の気持ちを感じながら、彼女はなぜ今日ここに来てしまったのか、自分に問いかけた。

答えは明々白々。

父の考えを聞きたかった。同時に、父の庇護《ひご》を感じたかった。

かつて覇王と呼ばれ、大陸内を制圧した父ならば、クレアが結婚すべき相手を示してくれるような気がしたのだ。この段にきて、まだ誰かに頼りたいと思う自分を愚かしいと思う。何より、父のそばにいればいつまでも幼い子どものままでいられる気がした。

あんなはしたない行為を受け入れた自分が、今さら子どもでいたいと思うのは許されない。クレアはそれを知っているからこそ、ほんのひと時、子ども扱いをされたかったのかもしれない。

――だけど、その考えはよくないわ。もしもわたしが暗い顔をしていれば、お父さまは心配するに違いない。お兄さまを喪《うしな》って気落ちしているお父さまを励ますならまだしも、すがろうとしているなんて情けないにも程がある。

クレアは決して特別に強い女性でもなければ、取り立てて国政への関心があるわけでもない。剣技はからっきしし、馬にひとりで乗ることもできないし、王宮の外の世界については知らないことばかりだ。

それでも彼女は学んでいくことを忘れなかった。おそらくそれこそが、聡明なサディアスと前向きなノエルと幼いころから親しくしていた結果、彼女が得た素晴らしい才能だったのだ。残念なことに、兄のかげにいたクレアの才能に気づいていた者は少ないが。

「……そうよ、わたしは自分で考えなくてはいけないんだわ」

誰に言うでもなく自分に言い聞かせ、ガラスに触れていた指をきゅっと握りしめる。

選ぶ権利などないと、これ以上逃げるつもりはなかった。サディアスとノエルの望んだとおり、クレアはふたりのどちらかを夫に選ぶ心づもりでいる。

少なくとも、彼ら以外の夫を迎えるより不義が少なく済むことをわかっていて、今さらほかの男性との結婚など考えられない。

あの夜の出来事だけが原因かと問われれば、初心《うぶ》なクレアが素直に頷くことは難しい。彼女にとって、ふたりの幼なじみはほかの誰とも比較できないほどに特別な存在だったからだ。

もしも――ザカリー一家が存命で、彼女が王位を意識せずにいられた場合、クレアは今よりも自由な立場で結婚相手を選ぶことができただろう。

――もしもなんて考えるのは意味がないけれど、それでも考えてしまう。もしも、お兄さまが生きていたら、わたしはどちらと結婚したいと思ったの……？

世界中から自由に結婚相手を選んでいいと言われても、クレアはおそらく最終的にサディアスとノエルの間で揺らぐのだと気づいていた。

結婚を具体的に意識していなかったころであっても、彼女はサディアスとノエルだけを特別な異性だと知っていた。彼女自身が気づかずにいようとしても、心に嘘はつけない。

だが、特別な存在がふたりいることにより、クレアは恋愛感情を自覚することなく生きてきた。もし彼女の幼なじみがひとりしかいなければ、最初からクレアは気づいていたのかもしれない。

――やっぱりわからないわ。わたしにとって、サディアスもノエルも同じくらい大切な人ですもの。

ふう、と息を吐くと、クレアは父の眠る豪奢《ごうしゃ》な寝台に向き直った。

「あまり長居して、お父さまの邪魔をしてもいけませんよね。また参ります。次に来るときは、お花をお持ちしますね」

眠るばかりの老いた王に語りかけ、彼女は王の寝室をあとにする。

今日は、午後から枢密院議長と面会する予定があるはずだ。そこで、縁談について保留してもらえるよう伝えなくてはいけない。もしも枢密院がサディアスとノエル以外の有力候補を考えていたら、ますます厄介なことになってしまう。

廊下に出ると、カーラが無言で頭を下げた。そこに予想外の大きな声が聞こえてくる。

「おや、クレア姫、王の見舞いですか？　うむ、ずいぶん大きゅうなりましたな」

「ブライアン、兄の葬儀でお会いしたばかりではありませんか。そんな急に成長したりはいたしませんよ？」

見上げるほどの背丈に、戦車のような逞《たくま》しい筋肉、黒い軍服もはちきれんばかりの護衛軍元帥ブライアンが、クレアの前方から歩いてきた。

「はっはっは、人間としての器が大きゅうなられた！　うちの坊主もいい加減、姫のように大人になってほしいものだがなあ」

ブライアンの息子――つまりはノエルの話題が出て、あの夜以来会っていない友人を思い出し、クレアの頬がかすかに赤らむ。

痛みや恥じらいの記憶よりも、彼女を突き上げる間、ずっと耳元で聞こえていた「好きだ、愛してる」というかすれた声が忘れられない。普段は明るくて快活な青年だというのに、ノエルはいったいどこに情熱を隠していたのだろうか。

「そんなことはありませんよ。ノエルは立派な軍人ですし、誰からも愛される素晴らしい青年でしょう」

赤らんだ頬に気づかれないよう、クレアは努めて平静を装った。事実、ノエルは老若男女誰もが認める好青年だ。

「それがなあ、今朝も何やらおかしげなことをしおって……」

「おかしげな……？」

丸太のような腕を胸の前で組み、ブライアンはやれやれとばかりに目を閉じた。

「あやつは前々から白い軍服を着たい、とほざいておりましてな」

対照的にクレアは目をまんまるくし、眉を上げる。白い軍服とはどういうことか。正規の制服に何か問題があるのか。

「どこぞで作らせたのか、朝食の席に全身真っ白の服を着てきおった。倅《せがれ》の服にまでいちいちワシも文句なぞ言うものではないのだが、これがまた見事なまでに軍の制服と同じつくりになっていましてな。上着から乗馬ズボン、果てはブーツまで白。あまりの事態に、まず殴ってから衣服をすべて剥《は》ぎとって庭に叩きだしてやったのです」

「な、なぜ白い制服……を？」

衣服をすべて剥ぎとって叩きだす必要性については、この際後回しだ。ノエルは子どものころからブライアンの軍用上着を勝手に着たりするほど、軍に憧れていたはずだが、制服の色に不満があるのかもしれない。

「さて、ワシにはわからんが、白いほうがかっこいいと叫んでいたか。あんな格好で王宮に顔を出させるわけにはいかんので、今日は全裸で庭に捨て置くよう家の者には申しつけた」

この父にしてノエルあり。

途中まではブライアンの言い分にも納得していたが、全裸で庭にいろというのもすごい話だ。彼の姿を見る侍女たちはどんな気持ちがするだろう。

そう思った瞬間、胸のどこかがちくりと痛む。

――何かしら、この感じ……。

自分の感情を把握できず、クレアは右手を胸にあてた。

「まあ、そんなわけでな、うちの坊主もクレア姫のようにこっちの面で成長してもらいたいというもの！」

こっちと言いながら、自らの胸を拳で叩き、ブライアンは豪快に笑った。豪放磊落《らいらく》ではあるものの、決して乱暴ではない。体つきに似合わぬ優しさを兼ね備えた元帥のことを、クレアは昔から大好きだった。

「ノエルが風邪をひかないよう、なるべく早めに衣服を着せてあげてくださいね」

「姫、ご存知ないか？　馬鹿は風邪を引かないのだそうだ」

だいじょうぶだいじょうぶ、とまた笑って、ブライアンは王の寝室前で警備をしている部下に声をかけに行く。

いささか心配ではあるが、だからといって屋敷まで出向いて衣服を渡す気にはなれない。全裸でいるノエルを想像するだけで、クレアは顔から火が出る思いだった。

「――さま、クレアさま、お加減でも悪いのですか？」

うつむく彼女に、カーラの心配そうな声が聞こえてくる。

「なんでもありません。だいじょうぶです、カーラ」

気を取り直して南端にある自室へ戻るため歩き出しても、クレアの心は落ち着かなかった。

兄が亡くなってからこちら、ずっと黒のドレスに身を包んでいたクレアだったが、枢密院議長エドワードとの面会を前に、侍女に押し切られてやっと喪服を脱いだ。

カーラの言い分によれば、いつまでも喪服を着ていることでクレアが悲しみを表すほど、国民も不安を感じるやもしれぬとのこと。そう言われて、我を通すほどに王女は意固地ではなかった。

やわらかな素材の淡いピンクのドレスをまとうと、年齢よりも幼い顔立ちのクレアは砂糖菓子のような印象に変わる。ふわりと広がる銀の髪を梳《す》いて、カーラがリボンを結び直すのを鏡で見ていると、不思議な気持ちになった。

大人になるということは、どういうことだろう。

今までクレアは、精神的に成長することを指して大人と考えていたが、一般的に——特に俗世的な意味合いでは女性は男性を知って大人になると言われる。

——一応、あんなかたちではあったけれど、わたしも大人になったと言えるのかしら。だけど、鏡に映る姿は何も変わらない。頼りなげな眉がいけないの？　それとも表情かしら。もっと王女らしくならなくては……。

「クレアさま、百面相はもっと豪快になさったほうが頬の運動になります」

「いえ、そういうことではないのです。それよりも、そろそろエドワード議長がいらっしゃる時間ですね」

まだクレアへの謁見申し込みは後を絶たない状況だが、相手がエドワードならば断る理由はない。真面目な枢密院議長が、決議を待たずに自身の推す相手との縁談を持ち込むとは考えにくかった。

——サディアスは……一緒に来るわけではないわよね。

ノエル同様、サディアスともあの夜から会っていない。

準備が整ったと同時に、クレアの居室の扉がノックされた。

「クレアさま、枢密院議長どのとご子息がいらっしゃいました。応接間へお通ししてございます」

つい先ほど、来ないだろうと考えていた相手が同行していると知って、いつもならば穏やかに返事をするだけのクレアは思わず腰を浮かせる。

「は、はい。すぐに参ります」

――どんな顔をして会えばいいの？　おかしな素振りを見せれば、勘の良いエドワードに疑われるかもしれないのに……。

もう一度、鏡をじっと見つめて考える。

やわらかな銀の髪、少女性を感じさせる淡いピンクのドレス、ぎこちなく微笑《ほほえ》みを浮かべてみても緊張はほぐれない。

「……なかったことにするしかないわ」

あの夜、クレアはいつもと同じに眠って起きただけ。夜中にノエルは来たりしない。ノエルを引《ひ》き剥《は》がして、サディアスが熱を埋め込んだりしていない。そう、思うほかなかった。

§　§　§

就寝のしたくを手伝ってくれていたカーラが、クレアが寝台に横たわったのを確認してから一礼する。明かりを落とした室内で、カーラの手にする燭台《しょくだい》が彼女をいっそう大きく逞しく見せた。

「おやすみなさいませ、クレアさま」

「おやすみなさい、カーラ。明日もよろしくお願いします」

侍女が去ると、クレアは静かにため息をつく。

――このまま、逃げ出すわけにはいかないけれど……。

彼女が悩んでいるのは、枢密院議長とその嫡男であるサディアスとの面会が原因だった。

理知的で怜悧《れいり》な印象のエドワードとサディアスはよく似た親子である。鋭いまなざしや、眼鏡を直す仕草、冷静沈着な口調までそっくりだ。ということは、クレアにだけ向けるサディアスの優しい笑顔を、エドワードも特別な相手――おそらく夫人に向けていることだろう。

『現在、近隣諸国から縁談を望む声は多数届いております。ただし、そのどれもが枢密院で設定する条件に至らず、検討段階にあります。年齢、武勲、知性、人格、王族としての地位など、他国との婚姻の場合は国内の貴族と結婚するより条件が複雑になってくるものです』

出迎えた応接間で、エドワードはそう言って眼鏡を直した。

『国内での縁談となる場合は、まず年齢が近いことからモーリス殿下が候補となっております。ほかに前王弟の孫であるユリウス殿下もお名前は上がっておりますが、離婚経験があるためモーリス殿下のほうが可能性は高いでしょう。また、貴族になりますと……』

次いで名が上がったのは、予想どおりサディアス、ノエル、ほかに若き侯爵が二名と、公爵家の親族が数名。

クレアは、黙ってエドワードの話を聞いていた。質問をするなら、すべてを聞いたあとでいい。それまでは、まず枢密院の考えを理解することに徹しようと思った。

『最終的に、枢密院が出すのはあくまで候補となります』

その言葉で、状況が一転する。

『候補、ですか？』

『さようでございます。枢密院はあくまで国王陛下の諮問機関、王女の婚姻について決定権を持つわけではありません。陛下と姫でご相談のうえ、おはからいいただけますよう』

彼らに任せておけば良いと考えていたクレアだが、ここへきて突き放された気持ちになるのは、サディアスが小さく頷《うなず》いたせいかもしれない。

『姫、結婚は一生にかかわることです。ご自身でよくお考えになってください』

水色の瞳がまっすぐにクレアを射貫き、彼女はそれ以上何も言えなくなった。

――だけど、そうなると今の話の流れから考えて、条件に合致するお相手は限られてくるのですもの。サディアスとノエルが有力な候補であることは間違いがないわ。

最終的な枢密院の提案がそのふたりだった場合、やはり選ぶのはクレア自身ということになるのだ。

先日のことを踏まえて、彼女は彼女なりに自分で選択することを受け入れようとしてきた。

それでも、大切な幼なじみの片方だけを受け入れるというのは悩ましい。彼らがただの政略結婚の相手であれば良かったのかもしれないが、ふたりがふたりともクレアを想《おも》ってくれているという。

どうして選ぶことができよう。

クレアにとって、サディアスとノエルはかけがえのない存在だ。どちらも失いたくないと願うのは、幼い我儘だというのか。

彼女に残された時間は長くはない。老いた父を安心させるためにも、早期の婚約が求められる。

とはいえ、今現在クレアが頭を悩ませているのは、選択そのものではない。

帰り際、サディアスは彼女の耳元で囁いたのだ。『今夜、ノエルを連れて伺います』と――。

普通に考えて、王女の寝室へ忍び込むなどできることではないものの、ノエルは護衛軍に所属し、クレアの身辺警護を主にしている。そのノエルと結託していれば、サディアスにもこの部屋を訪《おとな》うことは容易《たやす》いだろう。

――あの夜も、わたしが気づかないうちにふたりとも寝室へ来ていたのですものね。

この寝室で、この寝台で。

思い出した途端、ナイトドレスに包まれた胸がきゅうとせつなくなる。

初めての痛みだけではなく、腰の奥深くに刻まれた快楽の刻印は、彼女を二度と無垢《むく》だったころには戻さない。

どれほどなかったことにしようとしても、忘れてしまおうと思っても、体が男の熱を知ってしまった。組み敷かれ、激しく貫かれる悦《よろこ》びを。

はしたないことに、思い出しただけで胸の先端が疼いてくる。薄衣に擦れるとじんと痺《しび》れるような快感が走り、クレアは自らの体を強く抱きしめた。

――あんなこと、もうしてはいけないの。結婚もしていないのに男性に体を許すだなんて、ましてや相手はふたり……！

押し殺そうとすればするほど、彼女の体はせつなく燃え上がる。一度知ってしまった悦楽が、クレアの意思に反して蜜口をひくつかせた。

彼らがほんとうに今夜、この部屋を訪《おとな》うならば、起きて待っていなければいけない。けれど、愛しあうことでどちらかを選ばせようとするのであれば、寝ているふりをしたほうがいいのだろうか。いや、それも危険だ。初めての夜、クレアが眠っていた間に、ノエルは彼女の体を弄っていたはずだ。

「……逃げるわけには……いかない……。だけど、もう抱かれるわけにも……」

貞淑にあろうとする彼女の思いを裏切って、本能を焚《た》きつける愛欲が胸にうずを巻いた。決してすべきではない期待が、いたいけな空白を濡らす。何も入ってなどいないはずのそこは、あの夜と同じように男を食いしめる素振りできゅっと引き絞られていた。

どれだけ時間が過ぎただろう——。

まんじりともせず夜は更け、クレアが寝返りを打ったとき、寝室の扉がごく控えめにノックされた。

「……っ、は、はい」

暖炉の上に小さな燭台が置かれているほか、室内に明かりはない。身を起こしたクレアは、急いでガウンを羽織った。

「姫、起きてた?」

顔を出したのはノエル。あの夜のことを気にしている様子もなく、彼は屈託ない笑顔を見せる。

「さっさと入れ。愚鈍が」

「ちょ、押すなって……!」

うしろからサディアスに押し込まれたのか、ノエルは転がるような勢いで寝室へ入ってきた。今夜の彼は珍しく軍帽をかぶっている。

次いで紺衣の上に黒のマントを羽織ったサディアスが姿を現した。彼の手には、夜道を歩くためのキャンドルランタンが提げられている。

「遅くなりまして申し訳ありません、姫」

「いえ……、起きていましたので問題はありません。ですが、護衛軍の誰かに見られたりしては……」

「心配いらないよ。オレが責任持って今夜の見回りを代わっておいたから！」

強化したはずの見回りだが、こうして王女の寝室まで当の護衛が入り込んでいるのだから意味があるのか知れたものではない。

緊張で、のどが渇いてきたような気がする。クレアは静かに深呼吸をすると、心を引き締めた。

――何があろうと、わたしはこの国の王女として振る舞わなくてはいけない。怯えてばかりいてはダメ。だってふたりとも、わたしの友人なのですもの。

「扉を閉めてください、サディアス」

「かしこまりました」

小さく軋む音を立てて、三人の空間が密閉される。毅然《きぜん》として、クレアは肩にかけたガウンを直した。

「――それで、おふたりが揃《そろ》っていらっしゃったのは、わたしの結論を聞くためでしょうか？」

状況を把握するために問いかけてはみたものの、クレアにはまだ答えがない。ふたりのどちらかを夫に選ぶ心づもりはできたが、肝心の結論は何度考えても見つからなかった。

「そんなに急《せ》かすつもりはないんだけどな」

ノエルが軍帽を脱いで、やわらかな髪をくしゃりと掻く。姫に会えるなら、夜遅くでも平気だしね！」


「オレは、サディアスに誘われたから来たんだよ。姫に会えるなら、夜遅くでも平気だしね！」

彼にはクレアの緊張は伝わらないのだろうか。それとも、わかっていていつもどおりに振舞っているのかもしれない。

そんなクレアの気持ちをとうに察している様子で、サディアスが穏やかな微笑みを浮かべた。

「姫、我が父の言葉で焦っていらっしゃるのかもしれませんが、私の見たところ、枢密院が議決をするまでにはまだ時間がかかりそうです。結果として、この駄犬か私の両方が最終候補となるのは目に見えていますが、そのときになって姫がお悩みになられませんよう、選択の材料となる時間を共に過ごさせていただきたいのです」

これまでにもじゅうぶん、ふたりと過ごした時間はある。しかし、サディアスが言っているのは、友人としてではなく男性として意識したうえで、共に過ごす時間という意味だ。

言われてみれば、ふたりのことを異性として考えたことはあまりない。正確には、異性であることに気づかないようにしてきた。そうでなければ、居心地が悪くなってしまうと思っていたから。

――何か変だわ。異性だからって居心地が悪くなるものかしら……？　そうではないような気がするのだけど、どうしてわたしは彼らを男性だと意識しないようにしていたの？

考えこんで返事をせずにいると、ノエルがひょいとクレアの寝台の横にしゃがみこんでくる。

「……サディアスは、言い方が難しいよね。つまり、簡単に言えばオレたちのどっちが姫を気持ちよくさせるかってこと」

きらきらと無邪気な緑の瞳で、彼は信じられないことを言い出した。

「き……気持ちよくなんて……っ」

そこで、彼女の唇に手袋の感触があたる。

大声を出しかけたのをサディアスが制しただけのことだが、普段ならば男性が出入りすることのない寝室に三人でいることを思い出し、クレアは喉元まで心臓がせり上がるような緊張を感じた。

「大きな声を出さないでください、姫。それと、姫を怖がらせるような物言いはやめろ、ノエル」

いつの間に、サディアスはクレアの左側、寝台に片膝を乗せている。

「はいはーい、でもオレ、約束守れるか自信ないからね」

手にしていた軍帽をひらめかせ、ノエルがいたずらな視線をサディアスに向けた。

――約束ってなんのこと？

まだ口をふさがれたままのクレアは、困惑に瞳を揺らす。彼女の耳元近くで、サディアスが笑いを噛み殺す音がした。

「守れなければどうなるか、試してみるか?」

「……遠慮しとく。でも、おまえの言うことを聞くのは今日だけだからな!」

拗《す》ねたように唇を尖《とが》らせ、ノエルが帽子を床に落とす。それが合図だったかのように、サディアスがクレアを後ろから抱きしめた。

「ん、ん……っ!」

何をしようとしているのか。わからないほど、クレアも初心ではなくなっている。大人の男女が寝台の上ですることは、トランプやチェスではない。

——だけど……それは、愛しあうふたりのすることだわ。少なくとも、こんなふうに三人ですることではないはずなのに……。

「姫、力を抜いてください。私はあなたを傷つけたりしません。おわかりでしょう?」

白手袋をしたサディアスの手が、唇から顎へ、そして首を伝って胸元に落ちてくる。

「あっ、その言い方だとオレは姫を傷つけたみたいに聞こえるんだけど!?」

こちらも寝台の上に膝立ちになって、クレアの足首をつかんだノエルが不服そうに横槍《よこやり》を入れる。

「ふたりとも、あの、待ってください……!」

優しく触れられているだけなのに、全身がくすぐったさとも違う不思議な感覚にとらわれていくのを感じて、クレアは小さな声で懸命にふたりを止めようとした。

「駄犬、待てだ。犬風情でも主人の命令くらいは聞けるだろう？」

サディアスがうしろからクレアの首筋に鼻先を押しつける。

「……っ……や……」

びくんと震えた体が、寝台の上でひどく淫らに見えた。ナイトドレスの胸元は、ガウンで隠したはずだったというのに、気づけば左右の肩紐《かたひも》がずらされていた。

「オレはおまえの飼い犬じゃないからな！　姫、そんなヘンタイサディストにいやらしいことされたからって、無理に感じなくていいからね。今日はダメだけど、今度はオレがいっぱい感じさせてあげるからね！」

右足首に恭しく口づけて、ノエルが寂しげな瞳を見せる。まるで捨てられそうな子犬のようで、彼の言いたいことも理解できない。

——ヘンタイ……サディスト……？　いやらしいことって、まさか、本気で……。

「だいじょうぶですよ。私はそこの無骨な獣《けだもの》と違います。優しく犯してさしあげます。あなたの心のいちばん奥まで……」

「サディアス、待って、あ、や……っ！　ん、ぅ……っ」

顎先をつかまれ、くいと顔を横に向けられる。そこで待ち構えていたのは、少し冷たいサディアスの唇。

「んん……、ふ、ぁ……っ、ん！」

最初は重なるだけだった彼の唇は、逃げようとするクレアを追いかけて舌先を伸ばしてくる。息苦しさに口を開くと、その隙をついてサディアスの舌が歯列をなぞった。

「っ……！　ん、ん、んん……っ」

全身が粟立《あわだ》ち、ぞくぞくと震えが走る。それを見逃すことなく、サディアスの手が彼女のナイトドレスの胸元にあるリボンをほどいた。

「あー、もう、姫、そんなかわいい顔してキスされるなんて妬《や》ける……」

目を閉じて、キスに力の抜けたクレアの足を、ノエルが急に左右に押し開く。足首まであるナイトドレスは、彼女がサディアスに翻弄されている間に太腿までめくれ上がっていた。

「白くてキレイな姫の足、すべすべだね。このやわらかいところにキスするよ」

左足を持ち上げられ、恥ずかしさに抵抗しようとした途端、内腿にちゅっとノエルの唇が押し当てられる。

――嘘《うそ》……、ダメ、こんなこと、どうして三人で……⁉

たしかにあの夜、クレアはノエルとサディアスに抱かれてしまった。だが、同時にふたりと抱きあったわけではない。それぞれが、彼女の体に楔《くさび》を打ちつけた。だからこそ、まだ異常な事態に対処することもできたというのに、今宵《こよい》はひとつの寝台に三人でいる。

「ふたりとも……お、落ち着いてください。愛しあう云々《うんぬん》の前に、まずこういうことはふたりですることなのではありませんか⁉」

やっと解放された唇で、早口にそう尋ねると、内腿に赤いキスマークを残して満足げなノエルが顔を上げた。

「だって、姫は選べないんでしょ？」

「だからといってこんな……ふ、ふしだらです！　サディアス、あなたも……、きゃぁ⁉」

常日頃、常識的な男性として信じてきたサディアスに問いかけようとしたクレアだったが、その胸元が急に両手で揉《も》みしだかれる。

「はい、ふしだらな行為に間違いありません。ですが、姫、愛には決まり事など無用です」

手袋をはめた両手は、知的な彼の物腰と相反してひどく淫靡《いんび》にクレアの胸を弄りだした。奔放な右手は先端を軽くつまみ、いたずらな左手があらわになった膨らみを裾野から持ち上げる。

「そ、そんな……」

「馬鹿犬、マーキングはほどほどにしろ。カーラが気づいたらことだ」

そうしている間にも、クレアの内腿に幾度もキスをしては、赤い花を散らそうとするノエルをサディアスがたしなめた。

——わたしが選ばないせいで、こんなことになってしまったというの？　体を重ねることに同意した覚えはないわ。それなのに、三人でなんて許されるはずがない。

誰に、と問うのは愚問だ。おそらくクレア自身、誰に許されたいのかなどもうわからなくなっている。

「だったらこっち、舐《な》めてもいいかな、姫？」

しわが寄った敷布の上、ノエルがクレアの足の付け根に指をすべらせた。

「ダメ……、ダメに決まっています……！」

薄明かりの淫靡な揺らぎに、彼女の胸はサディアスの手ではしたなく形を変える。痛いくらいに先端を引っ張られ、体を弓なりにした瞬間、拒絶を無視してノエルが足の間に顔を埋めた。

「っ、ぁ、ダメぇ……っ！」

彼の頬を内腿で挟み込み、クレアは両手で金色の髪をつかむ。下腹部に向けて両手をそろえたせいで、かわいらしい胸が強調された。

「そちらばかり気にされては、少々悔しい気がしてきますね」

かろうじてノエルの唇が届かない距離を保てたと思った彼女の耳に、今度はサディアスが舌を這《は》わせる。

ねっとりと濡れた熱い舌で耳孔を舐《ねぶ》られると、目を開けていることもままならない。鼓膜を直接刺激されるような水音がして、クレアは浅い呼吸を繰り返した。

「は……っ、ぁ、ダメ、ふたり、とも……、お願いです……っ」

力が抜けたのを見計らって、ノエルは舌を伸ばす。耳に与えられるのとよくにた刺激が、クレアの秘めた蜜口にも感じられた。

「……っ、あぁ、ぁ、何……っ」

もう自力で体を支えることもできない。

背後から抱きしめてくるサディアスに体を預け、クレアは子どものようにいやいやと首を横に振った。長い銀髪がきゅんと尖った胸の先端をかすめ、はしたない格好に泣きそうになる。

「姫、もう濡れてるよ。ねえ、オレたちが来る前から待っていてくれたの？」

目に見えない変化が、ノエルの声に表れていた。澄んだ明るい声音は変わらないというのに、舌先で舐めずるクレアの蜜が彼をおかしくさせるのか。

「違います……っ、ん、あぁっ」

「嘘つき。でもかわいいから、もっと嘘をついて？　オレ、姫の嘘ならいくらでも聞きたいな」

耳元と足の間から、どちらも淫らに濡れた音が響いてきて、クレアは全身をひくつかせた。ともすれば、意識を持っていかれそうなほどの甘く狂おしい毒で脳を侵されていく。そうとしか表現できない、淫猥《いんわい》な夜。

「震えていらっしゃいますね。ここも弄ってほしいのですか？」

白手袋をはめた指が、焦《じ》れったいほどにゆっくりと乳暈をなぞった。もどかしさは尖った先端から心臓まで達する。

「ひっ……、サディアス、ま、待って、そこは……」

「そこは……感じやすいからイヤ、ということでしょうか？ それでしたら、待つことはできません。私はあなたに感じてほしいのですから」

サディアスの眼鏡の鎖が、クレアの首をくすぐった。下腹部にこもる熱、ノエルの濡れた舌、胸を撫《な》でるサディアスの白手袋の感触、そして冷たい鎖。

——いや、イヤなの、お願い……っ！

心がどれほど拒んでも、クレアの体は男たちの与える快楽を貪ろうと甘い蜜を漏らしている。それだけならば我慢もできようが、今までとは違う金属のひやりとした冷たさが、急激に彼女の意識を現実に引き戻したせいで、薄く開けたピンクブラウンの瞳にあられもない格好の四肢が目に入る。

「あ、あ、わたし、こんな……、こんな格好を……」

左右の胸を持ち上げられ、白い手袋の指先で円を描くようにくるりくるりと尖った部分を避けて焦らされては、決して開かれてはいけない乙女の秘めた部分に口づけを繰り返されているのだ。

我が目を疑う光景に、クレアは鎖骨まで赤く染めて身悶《みもだ》えした。

「ええ、たいそう魅惑的な格好をしていらっしゃいます。姫は心だけではなく体もお美しい。見てください。胸の先がこんなにも尖っていらっしゃいますよ」

「やめて、サディアス、いやです……！」

「ではやめてしまいましょうか？　もっともっととおねだりする、このかわいらしい乳首を放置して、あなたの奥深くを抉ったほうが悦《よろこ》んでいただけるというのであれば……」

——そんなこと、望んでなどいないのに！

心と体が裏腹になっていく。

辱めるような言葉で涙目になってしまうというのに、あの夜突き上げられた感触が濡襞にまざまざと蘇《よみがえ》るのだ。

「ひっ……、う、あぁ、ダメぇ……っ」

「何がダメなのです？　姫はあの夜もダメと泣きながら、私のものをくわえ込んでくださいました。嫌がっているわりに、とてもおいしそうに絡みついてくださいましたね」

言われるほど、今は入り口付近を舐められているだけの空洞がはしたなく蠕動《ぜんどう》する。そのせいで、蜜口に挿し込まれたノエルの舌をきゅうと締めつけ、その存在を強く自覚してしまう。

「ノエル、姫はもっと奥まで舐めてほしいようだ。その程度では足りないともどかしげに腰を振っていらっしゃるだろう。察してお慰めしろ」

「あー、だからなんでおまえが命令するんだよ！　姫、だいじょうぶだからね。オレ、いっぱい舐めるよ。姫のかわいいとこ、全部舐めるからね」

彼女の言葉を無視して、ふたりは勝手なことばかり言っている。いや、ほんとうにそうなのだろうか。ふと、クレアは快楽のなかで虚空を見上げた。

——わたしはほんとうにイヤだと思っているの？　それなのに、体だけが反応している……？

涙の浮かんだ瞳に映るのは、今もまだじらされ続けて、これ以上ないほどに尖りきったふたつの突起。色づいた周辺ばかりを撫で回されると、くびりだされたように乳首が屹立《きつりつ》する。

ぴちゃぴちゃと音を立てて舐められる淫畝は、しとどに濡れてノエルの舌を受け入れている。

それなのに、嫌がったところでふたりがやめないのはもはや当然のことではないだろうか。

体は雄弁に、ふたりの愛撫《あいぶ》を求めているのだから——。

「……サディアス、それ……、イヤです……」

「それ、とは？」

明らかに甘さの増したクレアの声に、サディアスが優しく尋ね返した。

「手袋……、イヤなんです。直接、さわってください……」

真っ赤になっておねだりする王女に、サディアスの水色の瞳が恍惚《こうこつ》の光を宿す。

「ええ、かしこまりました。では失礼いたします、姫」

手袋が片方、そしてもう片方、はらりはらりと寝台の脇へ投げ捨てられた。あとに残るは生身の指。

「姫、素直なあなたはいつにも増して愛らしいですよ」

かすめるように弾くように、指の腹が敏感な胸の先に触れた。

「あっ……、あ、ぁ……！」

その瞬間、蜜口を押し広げていたノエルの舌がぐっと強く挿し入れられる。こまやかな襞のひとつひとつを引き伸ばすほどに、舌先が粘膜を舐め上げた。

「姫、ずるいよ。オレにもお願いして。もっと奥まで舐めようか？　それとも、ここ……」

「ん、っ……！」

濡れに濡れた彼女の間《あわい》の上部、小さく息づくつぶらな花芽をノエルの指が擦り、クレアは息を呑んだ。

「ここも、弄ってあげる？」

「あ、ノエル、そこ……っ、ん、気持ち、いい……です……」

快楽は甘く、そして狂おしいほどに熱く。

いったん身を任せてしまうと、恥じらいすらも愉悦に変わった。

「いやらしい姫君ですね。犬風情に大切なところを舐められて、こんな淫らな表情をなさるとは……。鏡があれば、あなたにもお見せしたいほどですよ」

耳元で響く甘い声に、クレアはせつなく髪を揺らし、何かを訴えるまなざしで懸命に首を後ろにそらす。

——もっと、もっとほしい……。この気持ちはなに？　わたしの体は、どうなってしまうの……？

蕩《とろ》けた心が理性を覆い隠し、クレアの唇はサディアスのキスを欲して赤く腫れていた。

「……おねだりは言葉だけでするものではない、と。もう学習なさったのですね。さすがはクレア姫。ご褒美をさしあげましょう」

先刻と同じ唇だというのに、より甘くなったキスにクレアは身を捩る。拒絶の意味ではない。もっと与えて、もっと奪って、もっともっと感じさせて。彼女の体はみだりがましく男たちを誘う。

「ん……、ふ、ぁ……、んん……」

「おじょうずです。さあ、今度は私の舌を自分から吸ってくださいますね？」

「はい、サディアス……」

キスに溺れていると、サディアスの指は左右の乳首をつまみ上げ、指腹で擦りあわせる動きを始めた。

——いけないことだとわかっているのに、何も考えられなくなっていく。わたしは今、サディアスとノエルに愛されている。

現実を受け入れ、そして受け入れるだけでは飽きたらず、クレアはふたりの愛に応えるかのような嬌声《きょうせい》を漏らしていた。

「……ノエル、そろそろ交替だ。いや、前戯は終わりと言えばいいか？」

勝ち誇ったように眼鏡の奥の瞳をきらめかせ、サディアスがノエルの名を呼んだ。

「約束は約束だからな。前回、オレが勝手に姫の処女奪ったのが許せないっていうから、今回だけは大目に見てやるって言っただろ」

口では納得しているような言葉を紡ぎながら、そのじつ悔しくてたまらない表情で、ノエルが顔を上げる。クレアの甘い蜜で濡れた唇を、舌先でちろりと舐めて彼は寝台のふちに腰かけた。

「……もう、終わり……ですか……？」

遠ざかる快感に、クレアが小さく問いかけるのと、サディアスが彼女の体を寝台に横たえるのは同時だった。

「いいえ、姫。今からあなたをもっと愛させていただきます。できることなら、この愛を受け入れて私を選んでくださることを祈って」

「愛……」

サディアスは寝台の脇に立つと、黒いマントをはずす。几帳面《きちようめん》な彼らしくもなく、床に落ちた白手袋同様、マントも放り投げた。

とろりと甘く溶けた夜の空気に、クレアは小さく身震いし、両腕で自分の体を抱きしめる。

——そうだった。彼らは前回も、あの行為を愛情故だと言っていた。

だが、それまでの甘い快楽と異なり、楔を打たれる行為には痛みが伴うことも忘れていない。

クレアは身を硬くし、かすかに震えるつま先を見つめる。

「い、痛いのはイヤです……！」

「ええ、痛みよりも圧倒的な快楽を、そして我が愛を注がせてください」

先ほどまでノエルがいた辺りにサディアスが移動し、彼女の足を大きく割った。貞淑さのかけらもなく濡れそぼった蜜口が、男の目にさらされてひくひくとはしたなく開閉する。

「姫、そんな陰険眼鏡にイカされたりしないで。オレ、次はがんばるから、ね？」

寝台の脇に座り、ノエルがしょんぼりと肩を落としてクレアの右手を握った。

「……？　あの、イカされるとは、どういう意味で……、あ、あッ⁉」

知らない単語について確認しようとしていた彼女に、なんの前触れもなくサディアスが雄槍の切っ先を突き立てたからたまったものではない。

「今夜、あなたを抱くのはこの私です。何をよそ見しているのですか？」

張り詰めた亀頭はクレアの蜜口をこれ以上ないほどに押し広げ、めりめりと内側を抉っていく。体が中からひっくり返ってしまうのではないかと思うほどの圧迫感に、右手をつかむノエルの手をぎゅっと握り返した。

「サ、サディアス、待ってくださ……、あの夜より、太い……です……っ」

まともな思考など、すでに持ちあわせてはいない。ふたりの男に貪られ、その快楽を享受したのだ。クレアは自分がいかに恥ずかしいことを口走っているかも気づかずに、涙目でサディアスを見上げる。

「あなたが感じすぎているせいかもしれませんね。少し埋め込んだだけで、呑《の》み込《こ》もうとひくついていらっしゃいますよ」

つるりと白い腹部を指先でなぞり、サディアスが手をすべらせて両手で腰をつかんだ。

「な、何を……、あぁっ！」

寝台に膝をついているサディアスは、自身をクレアに突き立てたまま、彼女の腰を浮かせる。不安定な態勢に、劣情をくわえ込んだ蜜口がきゅうと窄《すぼ》まった。

「あまり激しく打ちつけては、姫の白い背が擦れてしまいます。少し腰を浮かせておいたほうがよろしいかと。——さあ、いきますよ」

彼女の返事を待たずして、サディアスが腰を突き出す。すると当然ながら、逃げどころのないクレアの体は熱杭を深く受け入れることになる。

「あぅ……っ……、そんな……奥まで……」

しかし、痛みを懸念していたはずが、サディアスに抉られる甘濡れの淫路は疼きとも痺れとも表現しがたい愉悦を貪るばかりで、一向に痛くはならない。

「痛みは……ないようですね。さあ、あと少しですべてあなたのものです。私を受け入れてください」

心の最奥まで抉《えぐ》るように、サディアスがぐっと腰を突き上げた。衝撃に、ふたつの胸の膨らみが揺れる。

「姫、苦しいの？　だいじょうぶ？　オレがキスして気を紛らわせてあげる……」

顔を横に向けた途端、言うが早いかノエルが覆《おお》いかぶさってきた。サディアスとはまた違う、切羽詰まった口づけ。

「ん……っ、……ふ……」

鼻から抜けるか細い声は、すでに愉悦で濡れていた。

彼女の空白を塗りつぶす灼熱の楔が、今なお隘路《あいろ》を押し広げている。そして甘い舌が絡みつくキスは、わずかに残っていた羞恥心を吸い上げて奪い尽くすようだ。

「戯言《たわごと》を。その程度で姫の気が紛れると思ったか、軽忽《きょうこつ》め」

いつもなら何かしら反論のひとつもするノエルは、今、クレアとのキスに夢中になっている。

あの夜、純潔を奪ったノエルだったが、彼女の唇は奪わなかった。

初めて味わういとしの王女の唇は、ノエルの想像以上に甘く愛らしく、舌を絡めるほどにいっそう口づけは深まっていく。

「愛していますよ、クレア姫」

「ん……っ……」

上下から絶え間ない愛を埋め込まれ、クレアの肌がしっとりと汗ばんだ。上気した肌は艶を帯び、銀の髪が敷布の上で波を打つ。

ほかの男に唇を塞がれる彼女を見つめて、サディアスはおのが唇に笑みをたたえ、ゆっくりと抽挿を始める。

——あのときとは……違う……！

初めてのときのノエルの激しい動きとも、ノエルの吐き出した精を掻きだそうとしたサディアスの抉るような動きとも異なり、今夜、クレアの淫路はじれったいほどゆっくりとほぐされている。

激情の杭を穿《うが》たれるのとは違い、サディアスのその動きは、彼女の内側に自らの形を教え込もうとしているようだった。

「んっ、ん、んん……っ」

肩に力が入り、クレアはのどをそらす。持ち上げられた腰は自由がきかず、サディアスの動きだけを忠実に感受する装置になってしまった気がしてくる。

「姫、ダメだよ。そんなに感じないで。ああ、だけど感じてる姫がかわいくて、オレ……」

一度、唇を離したノエルが潤んだ瞳でクレアに何かを訴えた。だが、愛の営みに未熟な彼女はノエルの求めるものがなんなのかわからず、ましてふたりの取り決めた約束の意味も知らずに、せつない吐息をこぼすばかり。

「かまいませんよ。いくらでも感じてください。……っ、く……、あなたのなかは、私を求めて健気《けなげ》にうねっているのですから……」

蜜にまみれた劣情が狭隘な内側を往復するたび、クレアの中に道筋が刻まれていく。

「あぁ、ぁ、や……っ、サディアス、何か……、へんです、わたし、どうして……」

最奥を斜めに押し上げられ、クレアはびくびくと体を震わせた。

「何もおかしいことはありません。純潔を奪うだけがあなたを女にするのではなく、こうして最高の快楽を教えることもまた、成長につながるのです」

珍しく嬉しそうな声に、彼の動きが速まっていく。加速する淫悦が、クレアの蕩けた粘膜をさらに快楽の果てへと押しやった。

「サディアスに抱かれて、そんなに感じるの？　姫、ひどいよ。オレだって愛してるのに、姫の感じる顔を見られて嬉しいけど、苦しいよ……」

乗馬ズボンの前を緩め、ノエルが滾《たぎ》る情欲《じょうよく》をつかみ出す。間近に見ると、やはりその大きさに少し怯えてしまうほどだ。

「あっ、あぁ……、でも、でも……」

次第にクレアの息が荒くなり、呼吸が短く浅くなっていく。

「あなたを犯して純潔を奪った男に遠慮することなどありません。ふ……っ、う、もっと、もっと感じてください……！」

腰と腰が密着して、まるでサディアスの愛杭がクレアと融《と》け合ってしまうのではないかと感じたとき、ノエルが彼女の右手を誘《いざな》った。

導かれた先、手のひらに触れる脈動。

──これは……。

考えずともわかる。十日も前のクレアならば、わからずに驚いただろう、男の愛欲そのものだ。

「ねえ、姫、お願い。オレの、握って……。せめて、姫と一緒にイキたいよ」

「あ、……っ、ぁ、あ、握るとは……、んっ……」

「握ってくれるだけでいい。ね、こうして……」

ノエルの大きな手がクレアの手に重なる。

手の中で、彼の劣情はびくりと震えた。

「……っ、姫、姫……っ」

そのまま手を動かされ、刀身を幾度も扱《しご》く動作で、クレアは目を閉じる。

今、彼女の内側にあるものも、そして彼女の手の中にあるものも、どちらもあの夜、クレアを奪った存在だった。目にすればその怒張に恐れを抱く。それなのに、彼らはせつなげな声でクレアの名を呼んでいる。

はしたないことだとわかっているのに、体は甘く熟し、心は淫らに濡れていく。

初めての夜には感じなかった、より大きな快楽の波がクレアをどこかへさらっていこうとしていた。

「ああ、もう限界でしょうか？　姫のなかがたまらなく狭まって私を食いしめています。姫、どうか……このまま、イッてください……！」

「サディアス……っ、わたし、あ、ぁ……っ」

擦れあう粘膜は、狂愛に打ち震え、

「姫、愛してるよ。オレ、もう、もう……っ、う……っ」

彼女の手によって、もうひとりの情欲が迸《ほとばし》り、

「こんな……、ノエル、あぁ……！」

その果ては、彼女を呑み込まんと白く叙情して、

「あ……っ、ぁ、ダメ、もう、おかしくなって……、あ、ぁ、あぁぁ、ぁ――……っ」

凝縮された三人の悦楽は一本の糸となり、クレアの全身を震わせ、頭の天辺《てっぺん》へと引きぬかれていく。

ぎゅっと閉じたまぶたの裏で、遠い記憶が見えた気がした。だが、それは気のせいだったのかもしれない。

幼いころと同じように、いつまでも彼らと一緒にいたい。離れたくない。そばにいてほしい。

――わたしは、

――王女としてではなく、ただの女として、

――愛慾に溺れている……。

力の入ったつま先が敷布を掻いた。サディアスをくわえ込んだ淫路が、はしたないほどに

収斂《しゅうれん》する。

「は……っ、ぁ、あ、ぅ……」

痛いほどに感じたのは、愛。

まだクレアが自覚できずにいる、心の深いところにある愛情を快楽の果てに一瞬だけ浮かび上がらせ、次の瞬間、彼女の意識を呑み込んだ。

カーテンを閉めた寝室で、サディアスは白い手袋をはめ直す。すでにマントは身につけていた。

「……姫がもし、オレたちを嫌いになったら、おまえどうする?」

寝台の端に座っていたノエルが、彼らしくない神妙な声でサディアスに問いかけた。

「嫌われるのは貴様だけでじゅうぶんだ。私は姫と添い遂げる」

「答えになってないだろ、それ」

盛大なため息をついて、ノエルは軍帽をぎゅっとつかむ。まるで、その帽子の中に彼の想いを閉じ込めたいとでも言うように。

「選ぶのは姫だ。だが、どんな選択であれ、私は受け入れるつもりだ」

眼鏡をくいっと押し上げると、サディアスはせつなげに目を細めて眠る王女を見つめた。

「どんな選択であれ、って……。オレかおまえか、それともほかの男、か……」

「愚劣な。貴様はそれだから、犬以下だというのだ。姫の選ぶ道はそのどれでもないだろうに」

「……どういう意味だ？」

黒髪の神学者は何も語らず、ただ愛《いと》しい女性《ひと》を見つめていた。ほかの誰にも向けることのない、慈愛に満ちたまなざし。

「どういう意味だっていい、か。オレは、姫といられればそれでいいよ。おまえの策略にだって、いくらでも乗ってやる。だから、どうか……」

言葉の続きは声に出さず、心で噛《か》みしめる。ノエルは祈るように目を閉じた。

窓の外では、夏の月が空に高く輝いている。三人の秘めた関係は、この寝室に閉じ込めておかなくてはいけない。今は――。

§　§　§

小鳥の囀《さえず》りに目を覚ましたクレアは、いつもより重い体を不思議に感じながら身を起こした。

「ん……」

寝台の飾り板に背をつけ、枕を抱く。

昨晩は――そう、あのあと、サディアスとノエルがやってきて……。

彼女は自分の体の気だるさに理由があることを思い出し、もとより大きな目をさらに丸く瞠った。

寝台の上で繰り広げられた狂宴。その中心で、クレアは何をした？　自らの慾望に突き動かされ、ねだるような言葉を何度口にした？

「わ、わたし、どうしてあんなことを……！」

両手で顔を覆い、誰も見ていないというのに真っ赤な頬を隠す。

最初は拒もうとしたはずだった。けれど、高ぶる情慾は彼女の身も心も焼きつくし、気づけば理性は完全に失われていた。

——いいえ、いいえ！　そうではない。そうではないのよ。わたしはわかっていた。わかっていて、それでも欲してしまった。

どちらかを選べと彼らは言う。

どちらも選べない、選ばない、とクレアの心は叫ぶ。

だが、なぜどちらかを選ぶことを拒絶するのか。選ばなかった相手が、ほかの女性と家庭を築き、いずれ自分のそばから離れていってしまうのが恐ろしいとでもいうのだろうか。

「……どこにも、行かないでほしかった……」

国内で最も裕福な暮らしをしているといっても過言ではない。王宮の奥深く、大切に大切に育てられてきた自覚はある。

だが、クレアの人生は愛しい人を喪《うしな》っていく日々でしかなかった。

幼くして母を亡くし、心通じた兄をつい一カ月前に亡くした。義姉《あね》も甥《おい》も、皆優しい人たちだったというのに、誰もがクレアを置いていってしまった。そして、老いた父も遠からずこの世を去る。

それはごく当たり前の、生きるということだ。

生きるということは死ぬということ。終わりがあるからこそ、生きている間に心から愛しいと思う相手に尽くす。

そんな当たり前のことを受け入れられないなど、一国の王女にあるまじき心の弱さだ。

——それでも、どこにも行かないで。そばにいて、ずっと一緒にいてほしい。

静かに両手を下ろすと、彼女は自分の欲深さに唇を噛む。

認めたくはなかった。その弱さも、そして弱さの原因である感情も。

だが、認めなければ前に進むことはできそうにない。これからクレアは選ばなければいけないのだ。

「……わたしは、サディアスのこともノエルのことも、失いたくない。だってわたしは……」

ふたりを愛している。

心のもっとも深いところに閉じ込められていた想いが、ふたりの青年の罪深いほどの愛情という鍵で解き放たれた。

だからといって、二兎を得る方法などどこにもない。選ばなければいけない。選択の時間は刻一刻と近づいている。

どちらを。どちらが。どちらも。

どちらも、愛している――。

絶望に似た希望は、彼女の心を悲しく満たしていった。

§ § §

神学者であり、国内でも指折りの知識人でもあるサディアスには、あまり知られていない趣味がある。公爵家の跡取りとしても、珍しい趣味だろう。

彼は読書よりも学問よりも、植物を育てることが好きだ。だが、その事実を知るのは、両親と公爵家で働く一部の使用人、そしてクレアとノエルに限られる。いついかなるときも書物を手にして歩くサディアスの姿を見て、趣味はなにかといちいち問う者はいなかった。問われたところで、サディアスがほんとうのことを言わないのも原因ではあるのだが。

水色の瞳でぐるりと温室内を見回し、彼は額の汗を拭った。このときばかりは、愛用している眼鏡をはずし、鎖で首からさげている。

「夏の温室はなかなか厄介なものです。熱がこもりすぎて、植物が弱ってしまいますから」

その言葉に、クレアは小さく頷く。

ふたりを愛していると気づいた彼女が、落ち込みかけたその日、朝食を終えて自室へ戻るとサディアスが待っていた。

彼は、久々に花壇を見に来ないかと誘い、クレアはそれに応じた。そして今、彼女はサディアスが大切に育てた植物に囲まれている。

「サディアスに育てられる植物は幸せですね。どの花も美しく咲かせてもらえます」

彼がいつでも手袋をはずさないのは、屋敷にある薔薇園の管理もしているためだ。

薔薇の手入れは指先に傷を負う。どれほど注意していても、棘《とげ》は鋭く手指は傷つきやすい。こまかな傷を隠すために、彼は白手袋を愛用していた。

「そう言っていただけると光栄です。私はただ、植物の持つ生命力にほんの少し力を貸しているにすぎないのですが……」

普段は誰にも見せない、少し照れたような表情で彼が目を伏せる。

「そんなことはありません！　あ、いえ、植物が生命力を持っているというのを否定しているのではなく、サディアスが力を貸しているからこそ、この屋敷の花壇はいつも美しく、温室は冬でも花が咲いているのではないでしょうか？」

思わず力説してしまい、それがなんだか気恥ずかしくて語尾が小さくなった。

母を亡くしたばかりのクレアに、花かんむりの編み方を教えてくれたのはサディアスだ。ほかにも、野の花を使った押し花や、冬の室内を飾るドライフラワーの作り方も彼に教わった。

「それは、姫にいつでも美しい花を献上できるようにですよ」

おどけた口調に、クレアも驚いたふりをする。

「あら、サディアスはいつからわたしの専属の花屋になったのです?」

「あなたが望めばなんにでもなりましょう」

わざとらしくお辞儀をしたサディアスに、クレアはこらえきれず肩を震わせて笑いだした。

「おや、信じていらっしゃらないのですか?」

「だって、サディアスはいずれ公爵さまになるのですし、ほんとうに花屋になるなどと言えば、エドワードがどれだけ眉間のしわを深くするか考えたら、我慢できなくなってしまって……ふふっ」

彼女は知っている。

サディアスが幼いころから植物を育てることに夢中だったのは、彼の母が花を愛《め》でる人だったからだ。

公爵夫人は体の弱い女性で、今もほとんどの時間を寝室で過ごしていると聞く。その母を喜ばせるため、サディアスは小さな手で花を摘み、毎日寝室へ届けていたそうだ。

「花屋になる必要はありませんよ。なるとしても、姫の専属ですから父も不満は言わないでしょう。普段は神学者のふりをして、人知れずひっそりと姫のための花を育てるのです」

「世を欺く仮の姿ですね？」

「よくおわかりでいらっしゃる」

彼がいつもより饒舌《じょうぜつ》なのは、おそらくクレアが落ち込んでいるだろうことを見越して、彼女の気持ちを明るくさせようとしているのだろう。

眼鏡の奥の水色の瞳の印象か、はたまた厳しい物言いのためか、サディアスは氷の貴公子と呼ばれることがあった。

けれど、クレアから見た彼は、周囲の人々をよく見ている心配りのできる男性だ。母のために今もこうして植物を育て、おそらく口には出さないものの子どものころと同じように、毎日花を届けているに違いない。

「姫、ここは昼近くなるとかなり気温が高くなります。良ければ、四阿《あずまや》で紅茶でもいかがですか？」

白い手袋をした右手を差し出し、サディアスが眩《まぶ》しい陽射《ひざ》しに目を細めた。

――ほら、こういうところが優しい。

クレアはにっこりと微笑んで、彼の瞳を見つめる。

「ありがとうございます。ではお言葉に甘えて」

そっと触れた指先は、甘い記憶を呼び覚ます。彼の唇の温度を、彼の心に隠れた情熱を、そして「愛しています」と言うときの狂おしいまでの声音を、クレアはもう知っていた。

「……お礼を言うのは私のほうです。あなたと過ごせる時間は、何よりの幸せだとご存じですか?」

子どもに教えるときのような、答えをしっかりと示した問いかけ。サディアスのいつもの口調だが、なんだか今は気恥ずかしい。

「知っています。それに、わたしもこうしてサディアスの育てた植物を見せてもらうのは、とても……幸せ、ですから」

時は、決して過去へ向かって進むことがない。ただ前へ、未来へ。

可能性の未来は一秒ごとに別れを告げて、それでも微笑《ほほえ》みあえる瞬間、体をつなぐよりもたしかな何かが互いの間にあるような気がする。

「今日の姫は、いつもより素直ですね。その調子で、私を生涯の伴侶に選んでいただいてもいいのですよ?」

「わたしはいつだって素直です!」

こうしていると、子どものころに戻ったような気持ちになってくる。だが、サディアスも自分も、そしてここにはいないノエルも、もうあのころに戻ることはできない。

それでもクレアは、子どものころのように頬を膨らませた。王女らしさなど、今はどこにも見当たらなくていい。

「それもそうですね。では素直なクレア姫のために、特製のクランベリーケーキをご用意いたしましょう」

「わあ、嬉しいです」

まだ、このままでいたい、とクレアは願う。

選択には取捨が伴い、捨てられない想いが彼女の胸いっぱいに広がっていた。

第四章

王宮の廊下を、ノエルは苛立《いらだ》たしげに歩く。

いつもならば太陽と見まごう明るい表情の彼が、なぜ今日に限ってこんなにも不機嫌なのか、護衛軍の仲間たちも知る由もない。少なくとも白い軍服を父である元帥に却下されたことは関係なかった。あれはもう何日も前のことなのだから当然といえば当然だが。

腰に提げたサーベルをがちゃがちゃと鳴らし、彼はとある人物を探して歩いていた。

そして、ついに目的の男の後ろ姿を緑色の瞳が捉える。紺色のロングコートを着た神学者は、捜されていたことにも気づかず書物片手に王宮の図書室から出てきたところだった。

「や………っと見つけた！　サディアス、おまえ何してんだよ！」

今にもつかみかからんばかりの勢いで幼なじみの青年に駆け寄ると、ノエルは自分より指二本ほど背の低いサディアスを睨《にら》みつけた。

「何をしてるか、だと？　私は王宮図書室の管理を任されている。王家の歴史書と神学書を整理していたが、それを貴様に非難される理由があるのか？　愚犬が」

相手は、三倍ほどの罵詈《ばり》雑言《ぞうごん》で応戦するのが常の男だ。ここで言い返しては、サディアスを捜してまで尋ねたかったことが聞けなくなる。

ノエルは文句を言いたいのをぐっとこらえて、フンと鼻を鳴らした。

「別にそれはいいんだけどさ、おまえ、枢密院の呼び出し無視しただろ。姫がさっき知ったらしくて、心配してた。なんで行かないんだよ」

枢密院議長の息子であるサディアスが、院の呼び出しに応じなかった。それだけでもちょっとしたニュースになり得るというのに、どうやら今回で三度目だというのだから、某《なにがし》かの理由があってのことだろう。

「そのことか。姫はなんと言っていた？」

「……自分が決断できないせいで、サディアスが枢密院に行きづらいんじゃないかって心配してた。おまえの立場が悪くなる、って」

愛らしい王女は、もとより少し下がり気味の眉尻をいっそう下げ、ひどく不安げにしていた。その姿を思い出すだけで、ノエルの胸はずきずきと痛みを訴える。

なぜ、彼女だけが特別な存在なのか。そんなことをいちいち考えたことはない。初めて会った瞬間から、彼女は特別だったのだ。

「資料を揃《そろ》えるまで、お偉方にはもうしばらくやきもきしてもらうつもりなだけだ。……だが、姫が心配しているとなるとあまり時間はかけられないか」

サディアスが顎に手をやり、何かを考えるふうに天井を睨んだ。

「……資料って、なんの資料？」

「教えてわかるのか？」

「いや、わかるわけないだろ」

堂々と胸を張って答えたが、幼なじみは不愉快そうに眉間にしわを寄せる。

「貴様は庭で獅子《しし》とでも戦ってくるがいい。策略にはいっさい役立たないからな」

「えっ!? おまえの家、庭に獅子がいるのか？ なんだよ、なんで今まで教えてくれなかったんだよ。獅子か、親父でも倒したことなさそうだ。戦ったら、オレ勝てるかな？」

嫌味のひとつも通じないノエルに、サディアスの眉間のしわがいっそう深まったのだが、残念なことにノエル自身はひとりでわくわくしていてまったく気づく様子がない。

「……前言撤回。貴様は野山を駆けずり回って、野犬の群れに帰れ」

「はあ!? なんでいきなり野犬の群れの話になったんだよ。獅子はどこ行った！」

「こういうのを馬鹿の一つ覚えと言うのか。勉強になるとは思いたくないが……」

「いや、だから獅子は！」

しつこく食い下がるノエルに、サディアスは手にしていた分厚い書物を平然と振りかぶる。

狙いは頭。思い切り殴れば、書物はじゅうぶんな武器になり得るのだが、彼は当然容赦などしない。

「ちょ、危ないって、なんだよ、もう」

それもそのはず、運動神経と武術剣術に優れたノエルは、超人的な反射速度でサディアスの手にした書物を受け止めた。

「たまには本気で殴らせろ」

「理由もなく殴られるなんて、親父以外は御免だ！　あ、でも姫にならちょっとくらいは殴られてもいい」

いとしの王女は、今ごろどうしているだろうか。つい先ほど話をしたばかりだというのに、ノエルはまたクレアの顔を見たくなってくる。

「軍人が暇を持て余しているのは、果たして国にとって良いことなのか、悪いことなのか」

「そんなの、良いことに決まってる。おまえ、頭いいくせにおかしなこと言うんだな」

「まあいい。それより、姫にお伝えしろ。枢密院は多少焦らしたほうが良い結果につながる、これは計算ずくの行動だと」

ふんふんと頷き、ノエルは頭を掻いた。

実際、なぜ枢密院がサディアスを呼び出すのか。そしてなぜサディアスがその呼び出しを無視しているのか。そのあたりは、ノエルにはわからない厄介な貴族連中の企《たくら》みが関係しているのだろう。

だが、その程度の企みに巻き込まれて痛い目を見るほどサディアスが愚かではないこともノエルは知っている。

駒扱いされるのは気に入らない点もあるけれど、それがクレアの幸せのためだと言うのなら疑わしい気持ちはあっても、ノエルはいつでも喜んで利用されたいと思っていた。

だからこそ、彼はあの夜もサディアスに唆されたふりをしてクレアの寝室に夜這《よば》いをかけた。

そして、その次にはサディアスがクレアを抱く姿を眺める羽目になったというわけだ。

「で、良い結果って？　そこまで言うなら教えて」

「ああ、それと駄犬、明日は休みだと言っていたな」

完全にノエルの質問を無視したサディアスが、確認するように視線を向けてくる。

「そうだよ。明日は姫を誘ってどこか出かけたいところなんだけど、枢密院がなんか考えてるなら、今はやめたほうがいい？」

「いや、構わん。姫にお伝えする際、明日は三人で出かけようと誘っておけ」

命令口調に反発する気持ちはあったノエルだが、出かける算段は喜ばしい話だ。

「了解！　じゃ、オレ、姫のとこ行ってくる」

彼はサディアスを見つけるまでの仏頂面とは打って変わって、幸せと頬に書いたような緩んだ顔で駆け出した。

残されたサディアスは、大きなため息をついたがそんなこともノエルには関係ない。

そして、サディアスがノエルを殴ろうとした分厚い歴史書が、持ち出し禁止の王家の家系図であったことも、ノエルはまったく気づいていなかった。

§　§　§

「カーラ、ほんとうにおかしくないですか？　なんだかこれだと子どもっぽいような……」

姿見の前で、クレアは帽子をかぶっては脱ぎ、脱いではかぶる。

やわらかなレモンイエローの布地に白のレースをふんだんに使用したエプロンドレスは、普段ならば王宮でもあまり着る機会がない。今日はサディアスとノエルが外出に誘ってくれたので、動きやすいドレスを選んだ。

「たいそう愛らしくてクレアさまにお似合いでございます」

「……ほんとうですか？」

「カーラが嘘《うそ》を申したことがありましたか？」

記憶のどこを探しても、誠実で無骨な武闘派の侍女が嘘をついたことなどなかった。

「ごめんなさい、疑うようなことを言って。三つ編みはさすがに子どもっぽく見えるかしらと不安になっただけなんです」

長い銀の髪をふたつに分け、ゆるく編んだ三つ編みを背に垂らす。そこにつばの広い帽子をかぶると、まるで十年も昔に戻ったような気がした。

黒のドレスはもう着ない。

兄が亡くなって悲しいのは自分だけではないのだと、ようやく思えるようになってきた。夜になると思い出して泣きたくなることもあるけれど、クレアがいつまでも泣いていたらザカリーも心配するだろう。自分に何度も言い聞かせ、やっと明るい色のドレスを選ぶ気にもなった。

「そろそろお約束のお時間です。ほんとうに私はご一緒しなくともよろしいのでしょうか？」

生真面目なカーラは、バスケットいっぱいに詰めたサンドイッチとスコーン、ジャムとクロテッドクリームを確認しながら、かすかに不安をにじませる。

「サディアスとノエルが一緒ですから、心配しなくともだいじょうぶですよ。いつもありがとう、カーラ」

そうこうしている間に、ふたりの到着を知らせに侍女がやってきた。

夜に彼らが忍んで部屋へ来るよりも、明るい光の下、三人で出かけるほうがずっと健康的で建設的だ。誘われてからそんなことに気づくなんてどうかしている。兄が亡くなってからずっと王宮にこもりきりだったせいだろうか。

「……姫！」

侍女の案内で、カーラがバスケットを持ってクレアを外まで送ってくれると、彼女を見つけたノエルが嬉しそうな顔をして駆け寄ってくる。

「お待たせして申し訳ありません。サディアスも、もう到着しているのですか？」

「うん、準備万端だよ。それより！　そのドレス、とってもかわいいね。それに髪も、なんだか昔に戻ったみたいだ」

喪服を見慣れていたせいか、ノエルはクレアのエプロンドレスを見ていつも以上にはしゃいでいた。けれど、クレアとて同じような感想を抱いていることを彼は知らない。

――軍の制服を着ていないノエルは久しぶり。最後に見たのはいつだったかしら。

今日の彼は、明るいワインレッドのフロックコートに黒のトラウザーズ、乗馬ズボンではないのもなんだか新鮮に見える。

「ねえ、カーラ、姫はこういう格好もかわいらしいと思わない？」

よほど今日のドレスを気に入ったのか、ノエルはバスケットを手にして無言で立っているカーラにまで同意を求めた。

「はい、クレアさまは何を着てもお似合いですが、やはり明るいお色のほうがいっそう愛らしく感じられます」

「そうだよね。カーラとは気が合うなあ」

ノエルとカーラは、たまに東洋の武術について話をすることもあるらしく、こうしていると良き友人にも見える。それにしても、クレアの身辺警護まで請け負う侍女、カーラの経歴は謎めいていた。

四頭立ての馬車の向こうで、御者と話していたらしいサディアスが姿を現し、クレアを見て一礼した。こちらも今日はフロックコート姿だが、サディアスのコートはオリエンタルな青、トラウザーズは白、まるで空を思わせる色合いだ。

「では、いつまでも話し込んでいる野良犬は放って、さっそく出かけましょうか」

クレアの手をとるサディアスに、ノエルが慌ててカーラからバスケットを受け取ってきた。

「今日は三人で出かけるって約束だろ！　まったく、ちょっと目を離すとサディアスはすぐオレを置いていこうとするんだよな」

そして、ノエルもまたクレアの手をとる。

左にサディアス、右にノエル。もしも舞踏会でこうして歩いていたら、多くの女性たちが悔しがるのではないだろうか。

――ふたりとも、とても魅力的な男性だもの。きっと誰もが心を奪われるわ。

「姫、どうしたの？　なんだか楽しそうだね」

「ええ、とても楽しいです。今日は誘ってくださってありがとうございます、サディアスも、ノエルも」

馬車に乗る際、どちらがクレアの隣に座るかで揉《も》めるのは彼らの日常。そして、行きはノエルが、帰りはサディアスが隣に座ると決まるのもまた、彼らの長年のお約束のようなものだった。

王都から南へ向かう馬車は、街を抜けて緑の中を駆けていく。

サディアスが神学校に通い、ノエルが護衛軍の養成所にいたころは、よく三人で出かけたけれど、ふたりが仕事に就いてからはこういうことも減っていた。

だからだろうか。三人での外出がとても懐かしく、そして幸せに感じられる。

——だけど、それだけではない。わたしはもう、自分の気持ちに気づいてしまったのだから。

どちらかを選ばなくてはいけない。どちらも愛しているだなんて、決して口に出していいことではないとクレアは知っていた。

ひとりの女性が愛することができるのは、同時にひとりの男性のみである。そうでない場合、人々はその関係性をふしだらで不埒《ふらち》だと後ろ指を指すだろう。

クレアの父ニコラスとて、最初の妻を亡くしたあと二番目の妻を娶《めと》ったが、愛妾《あいしょう》を囲うようなことはなかった。歴代の王たちが権力を示すために妾《めかけ》を王宮に住まわせていたオルミテレスでは、ニコラスのような王のほうが珍しいと聞く。

——わたしがもし男性に生まれていたら、サディアスとノエルとずっと三人で仲良く過ごせたのかもしれない。

だが、クレアは女性に生まれたからこそふたりを愛したのだ。

「それにしても、今日の姫はなんだかいつもと雰囲気が違いますね」

ピクニックへ出かけるときでも、サディアスは白手袋を着用している。もはや彼のアイデンティティといっても差し支えない。

「オレもさっき言った！　その三つ編みかわいいよね」

「そ、そうでしょうか。少し子どもっぽいのではないかと不安だったのですが……」

魅力的な男性ふたりからまじまじと眺められて、なんだかいたたまれない気持ちになる。

クレアは自分の美しさに無自覚だ。可憐《かれん》な瞳も、長い睫毛《まつげ》も、年齢より少し幼く見える愛らしさも持ちあわせているというのに、華やかな場所があまり得意ではない彼女は、同年代の女性と比べて自分がどのように見えるかということを知らない。

だからこそ、こんなふうにサディアスとノエルに褒められるたび、ひどく恥ずかしくなる。

「子どもっぽいとは思わないけど、ちょっと昔のことを思い出したよ」

軽く耳のわきの髪をかき上げて、ノエルが自分の編みこみを見せた。サディアスも、あまり見えないがいつも髪を軽く編んでいる。

「三つ編みもできない不器用な子どもがいたことなら、私も覚えている。そのくせ、姫の髪を結いたいなどと我儘《わがまま》を言っていたな」

「だから、練習して編めるようになったんだよ。最初は誰だって初心者なんだからな」

そのころの練習の成果をいかすためにも、ノエルは今も髪を編んでいると以前に聞いたことがあった。

「たかが三つ編みで、何を偉そうにしている。しかも、貴様は私の髪を練習台に使ったのだぞ、この罰当たりの犬畜生が」

「おいサディアス、犬に罪はないぞ。あと、先に言っておくけど馬にも罪はないからな！」

「馬のたてがみを三つ編みして、元帥どのに殴られて泣いたのはどこの誰だったやら」

「あ、オレ！」

どこかずれたふたりの会話に、クレアはくすくすと笑い声をあげた。

こんな時間が永遠に続けば――そう考えかけて、彼女はすぐ気を取り直す。

余計なことを考えるのはやめよう。今は目の前の幸せをぞんぶんに味わえばいい。泣くのはいつでもできるのだから。

馬車は走る。幸福の空の下、どこまでも行けるのではないかとクレアを錯覚させて、馬車は走っていく。


王宮を出てから半刻と少し、到着したのは見覚えのある草原だった。

「ここは……昔、お兄さまが連れてきてくださった……」

一面の草の海が広がる地に立ち、クレアは風に吹き飛ばされそうになる帽子を手で押さえる。

「そうです。覚えていますか？　姫はまだお小さくて、馬車の乗り降りもザカリー殿下が抱きかかえてくださいましたね」

こくりと首肯し、まばたきも忘れて彼女は周囲を見渡した。

あちこちにポピーが咲き誇っている。多くは赤、ところどころピンクが混ざり、ごく稀《まれ》に白も咲いているようだ。

以前に来たときは、たしか草ばかりが目についたから、もしかしたら季節が違ったのかもしれない。

「オレも姫のこと抱っこしたいって言って、殿下に『もっと大きくなったら頼むよ』って言われたんだよ。覚えてる、あのとき、殿下すごく優しい目をしてた」

ノエルがクレアの隣に立ち、彼女の右手を握った。

「まったく、殿下はお優しい方でしたからね。ノエルに姫を抱っこさせるなんて、考えるだけで恐ろしいですよ」

反対の手をさりげなくサディアスが握る。

どうしたのだろう、ふたりとも。そう思って彼らの顔を交互に見上げたが、視界がぼやけてうまく見えない。

「わたし……」

涙は静かに頬を伝い、クレアの瞳をにじませる。ザカリーを失った悲しみは今も胸にあるけれど、もう泣いたりしないと思っていた。

「姫はきっと、王宮にいたら泣けないだろうと……余計なことかもしれませんが、無理をしていらっしゃるように思えたので。ここでなら、いくら泣いても誰にも見られませんよ」

「そうそう。オレはいっぱい見るけどね。だって姫の泣き顔、かわいいから！」

優しいサディアスと、冗談めかして彼女を甘やかすノエル。

ザカリーはもういないけれど、彼が残した思い出までもが消えるわけではないのだ。何より、兄はクレアに生涯の友人をふたりも紹介してくれた。

「お兄さま……、お、にいさま……っ」

両手をつながれているので、涙を拭うこともできない。風で帽子が吹き飛ばされたが、拾いに行くでもなくクレアは泣きだした。子どものように、しゃくりあげて兄の名を呼ぶ。

「ずっと、よく我慢なさいましたね。姫の強さに、きっとザカリー殿下も安心していらっしゃるでしょう」

つないだ手に力がこめられ、クレアは何度も首を横に振った。

今の自分では、兄を安心させるなどできはしないだろう。だが、これから先、長い時間を兄のいない国で生きていかねばならない。いつかきっと、ザカリーのように国民に愛されて、望まれて、慕われる人間になれたらいい。そのときにまた、サディアスとノエルとこの草原に来られたら……。

「姫はがんばってたよ。オレが保証する。それに、悲しいときは泣いていいんだ。泣くのを我慢したら、胸が苦しくなるから」

クレアの頭にこつんと額をつけて、ノエルが耳元で囁いた。

——優しい人たちに愛されて、彼らを愛することができて、わたしはほんとうに幸せだ。できることならば、ふたりに同じだけの愛情を返したい。そうできたら、どれほど良かっただろう。

最近は立ち直りつつあるふりをしてきた。侍女たちも、枢密院の者も、護衛軍の者も、皆そう信じてくれていたと思う。

それでも、サディアスとノエルだけは気づいていたのか。クレアの心を濡らす涙に。

エプロンドレスにいくつも涙のシミができる。けれどクレアは声をあげて泣き続けた。

泣いて泣いて、目が溶けてしまうのではないかと思うほど泣いて、そして泣きすぎた自分を恥ずかしく思って顔を上げると、大好きなふたりが笑いかけてくれる。

「あの……、の、のどが渇きませんか？」

泣いていたのは自分だけだから、ほんとうならばのどが渇いているのもクレアだけなのかもしれないが、彼女の問いかけにノエルは馬車へ向かって駆け出した。

サディアスは手早くハンカチを広げ、クレアを草の上に座らせる。

「ダメですね、わたし。もっと強くなりたいと思うのに、お兄さまのことを思い出すとまだ悲しくて仕方ないんです」

うつむいた彼女の頭を、手袋を片方だけはずしたサディアスの手が優しく撫でた。

「何も駄目ではないです。姫、愛する人を喪って悲しまない人などいないのですから」

カーラがバスケットに準備してくれていた飲み物を少し飲み、水分を補給してからクレアはポピーの花かんむりを作ることにした。

これも、幼いころの三人のお気に入りの遊びだ。

「姫、帽子拾ってきたよ。遠くまで飛んでいってて、ずいぶん探しちゃった」

彼女の帽子を探しにいったノエルが、両手で帽子を掲げて走ってくる。

「ありがとうございます、ノエル。あの、お礼と言ってはなんですが……」

作り終えたふたつの冠のうち片方を、クレアはノエルの金髪にそっと載せた。

「えっ、これ、オレに？」

「はい。そして、こちらはサディアスに」

彼女の隣で、同じく花かんむりを作っていたサディアスが、ほんの少し驚いた様子で目を見開く。

「ですが、これを私がいただいてしまうと姫のぶんがなくなってしまいます」

「だったら、サディアスが作った冠をわたしにください。そうしたら、三人でおそろいですね」

肩をすくめて微笑むと、サディアスは恭しく頭を下げた。そこに、ノエルのものとは少しだけ色合いの違う花かんむりをかぶせる。

サディアスのは赤を基調に白を加え、同様にノエルのは赤を基調にしたのは同じだが、差し色にピンクを使って。

「では、これは姫に」

「オレからも、はい！」

サディアスの作った花かんむりを頭に、そしてノエルが摘んできた大きめの花を腕に巻かれると、なんだかポピーの妖精にでもなった気がする。

「ずっと三人でいれたらいいのに……」

結婚は一対一でするものだ。

わかっていても、つい考えてしまう。もし三人で暮らすことが許されたなら、クレアは喜んでその道を選ぶ。だが、叶わぬ夢だ。

どちらかの手をとる日が来たとき、離した片方の手を寂しく思うのだろう。

「姫が望めば、叶わないことは何もありませんよ」

不意に、彼女の心を読んだような声が聞こえて、クレアは驚きに二度三度とまばたきを繰り返した。

「サディアス、それはその……いえ、望んで叶わないことがないなんて、いくらなんでも難しいことですよ」

きっと彼は優しいから、クレアの寂しさを払うためになんでもするという意味で言ってくれたに違いない。

「いいえ、あなたの望みとあらば、我々は何をさしおいても叶えてみせましょう。私はもちろん、あの駄犬とて姫のためならばなんでもするはずです」

「おふたりの気持ちは嬉しいです。できることならば、これからもそれぞれの立場で国を支えていただければ……」

ふわりと広がるドレスのスカートを押さえ、クレアは手首に巻いたポピーを見つめる。

「えー、何？　なんの話？」

頭に花かんむりを載せて、辺りを駆けまわっていたノエルが戻ってくると、彼は手にしていた白いポピーをクレアの前にすっと差し出した。

「ありがとうございます、ノエル」

しかし、受け取ろうと手を伸ばした途端、彼はその花を引っ込める。どうしたことだろう。そう思って首を傾《かし》げると、ノエルは屈託ない笑顔で白い花を天にかざす。

「ねえ、姫。この花をほしがってオレとサディアスがケンカしたら、姫はどんなアドバイスをくれる？」

「ケンカですか？」

「そう」

少し考えて、彼女はノエルを見上げた。

「ほかのお花を探しては……いえ、それはいけませんね。きっとおふたりは、どうしてもそのポピーがよろしいのでしょう？」

「うん、ほかの花じゃダメなんだ。この花だけがオレにとってもサディアスにとっても大切な場合だよ」

おそらく、ケンカをとめる方法はいくらでもあるだろう。ふたりともその花を諦めることも、ふたりで仲良く花を愛でることも、何かの勝負で決着をつけることもできる。

「……その花を、わたしにくださいませんか？」

両手を差し出し、まるで抱擁を求める仕草でクレアはノエルに微笑みかけた。

「え？」

「ノエル、どうぞそのポピーをわたしに預けてください。サディアスとノエルのぶんも、わたしがそのお花を大切にいたします。ふたりは、花を見たくなったらわたしのお部屋に遊びにいらしてください……というのはいかがでしょう？」

聡明《そうめい》なサディアスならば、もっと良い答えも持ちあわせているかもしれない。けれど、クレアはふたりにケンカをしてほしくなかった。だから、どちらのものにもしない方法を選びたいと思った。そして、それ以上にふたりともがその花を諦めるという寂しい結論を選びたくなかったのだ。

「姫のお考えは優しいですね。そう言われては、きっと私もノエルも姫に花をお預けするように思います」

すいっとノエルの手から花を奪うと、サディアスがクレアの目の前にしゃがみこんだ。

「どうぞ、姫。すべてはあなたのために」

白い花が彼女の前に再度差し出される。

「ずるいよ、サディアス！　それ、オレが摘んできたのに！」

ノエルが悔しそうにサディアスの隣にしゃがんで、唇を尖《とが》らせたままクレアを見つめる。

「ふふっ、おふたりからのいただきものとあっては、大切にしなければいけませんね」

両手でポピーを受け取り、彼女は宝物のようにその花の香りを吸い込んだ。

「だいじょうぶですよ。姫も花も、我々が守ります」

「そうそう！　サディアスが悪知恵で戦法を練って、オレが実行部隊！　これなら姫も国も花もみーんな安心、だよ？」

比喩でしかない白い花を、彼らはわかっていて差し出したのだとクレアは小さく頷く。

「ふたりがいれば安心ですね」

ずっとこのまま、三人でいたい。子どものような願いだが、自分が誰とも結婚せずにいれば叶《かな》うような気もしてくる。

——だけど、それこそ許されないことだわ。わたしは国のためにも、次の王を産む役割を担っている。

目を伏せたクレアの前で、男ふたりは短く目配せをしあう。

「悲しい顔をしないで、姫。花に悲しい気持ちが伝染しちゃうよ」

ちゅ、と右頬にノエルが軽くキスを落とし、クレアは慌てて顔を上げた。

「そ、そうですね。わたしが悲しむことなんて何も……」

今度は左手の甲に、サディアスが唇をつける。

「はい、姫はいつも笑っていてください。そして、あなたを守る我々にたまにご褒美をくだされば じゅうぶんです」

「あの……、ちょ、ちょっと待ってください。何か、様子が……」

馬車の御者がこんな姿を見たらどう思うだろう。遠目でしか見えないかもしれないが、クレアは心配になって草原の向こうの道に停《と》めたままの馬車に目をやる。けれど、あるはずの馬車の姿は跡形もなく消えていた。

「たいへんです！　馬車が、馬車がありません！」

慌てて立ち上がろうとしたクレアが、自分のドレスの裾を踏んでバランスを崩すと、サディアスとノエルがふたりがかりで彼女を抱きとめる。

「あわてんぼうだな、姫は。馬も退屈だろうから、少し買い物を頼んだんだよ。あと半刻くらいは戻らないはずだから、心配しないで」

彼女の膨らんだドレスごと腰を抱くノエルが、スカートに顔を埋めるようにしてそう言った。

半刻くらいなら遊んでいればすぐだが、心配するなとはどういう意味だろう。何か腑《ふ》に落ちないものを感じるクレアに、肩を抱いたサディアスが魅惑の笑みを向けた。

「ノエルの言うとおりです。ここはひと目もありません。姫が花の妖精となり、我々に甘い夢を見せてくださっても、なんら問題はないのですよ」

「あ、あの……おふたりとも、それは……きゃあっ⁉」

空には太陽が輝いている時間だというのに、淫靡《いんび》に甘い雰囲気を感じとって、クレアが困惑していると、その隙をついて花を寝床に体が押し倒される。

「こうしていると、ほんとうに花の妖精みたい。かわいいよ、姫」

めくれたドレスの裾から、絹の靴下を穿《は》いた足首が見えた。ノエルはその足をつかみ、膝まであらわにする。

「たまには外で開放的な気持ちになるのも良いかと思いますよ。姫は最近、ずいぶんと塞ぎがちでしたからね」

サディアスはサディアスで、クレアのドレスの胸元のリボンをはずしはじめている。

「ふたりとも、冗談はやめてください。こ、こんなところで何を……」

「恥ずかしかったら、目を閉じていてくださってても結構です。でもそうなったら、何をされるかわかりませんよ？」

ちゅっとまぶたにキスを落とし、サディアスがクレアの頭を撫でた。

そうしている間にも、エプロンドレスがはだけられ、クレアの白い肌が青空の下で露出していく。

抵抗しなくては、と思っているのに、草の上に寝転んだ体は彼らの手に触れられるたび、なぜかせつなさで動けなくなった。

誰も見ていない。

ならば、ふたりの愛を受け入れても許されるのだろうか。

——そんなはずはないのに。誰も見ていなくとも、もしわたしが王女でなくとも、ふたりの男性を愛し、彼らに愛されることなど神がお許しにならないわ……。

「ダ、ダメです、離して……」

体を起こそうとしたクレアの足の間、ドレスに潜り込むようにノエルが頭を突っ込んだ。

「きゃあっ！　な、なぜそんなところに、ノエル……っ」

「かわいい妖精さんの、もっとかわいいところ、見せてほしいな」

言うが早いか、彼の指先はクレアの腰を覆う下着の中心をなぞりはじめる。

「サディアス、と、止めてくださ……、あっ……」

「それはできません、姫。あなたの望みは我が望み、あなたの悦《よろこ》びは我が悦びなのです。そのように頬を赤らめて、姫はほんとうにお嫌なのでしょうか？」

くつろげた胸元に手を入れ、サディアスが器用にコルセットを緩めた。

「三人でずっといたいと、姫はそう思ってくださっているのでしょう？　でしたら、これは夏の暑さが見せた白昼夢だと思って受け入れてください。かわいいあなたを、我々に少しだけ味わわせていただきたいのです」

「そんな……ん、んん……っ」

気づけば彼女の白い胸が空気に触れている。仰向《あおむ》けになってもふっくらと女性らしい乳房は、早くも期待に先端を尖らせた。

「我々はたった一本の花を姫に差し出したのです。ご褒美くらい、くださってもよろしいのでは？　幸い、愛らしくキスを待っていらっしゃる胸はふたつおありですよ——ノエル」

「うん？」

スカートの中から顔を出したノエルが、あらわになった胸を見てぱっと体を起こす。

「姫、明るいところで見るとますますキレイだ。キスしたくなる、かわいい胸だね」

白昼夢だと思うには、与えられる刺激は鮮烈で、クレアは身をよじろうとしたが、そのときにはすでに左腕をサディアスに、右腕をノエルにつかまれていた。

「や……、ダメ、です……」

拒絶の声はひどく甘く、誘うように濡れている。つんと突き出した乳首は、すぐそばに顔を寄せるふたりの男性に愛される準備ができているのだ。

「目を閉じて。あなたは、短い夢を見るだけです。何も怖いことはありません。あるのは、気持ち良いことだけですから」

左胸に唇をつけ、白肌を食《は》みながらサディアスが優しく優しくクレアに話しかける。

「姫の好きな、三人一緒だよ。だから怖くない、ね？」

一方ノエルも、指先で尖る部分を撫で、こらえきれないというようにぱくりと乳首を口に含んだ。

「あ、あ……っ……！」

足をばたつかせると、ドレスの内側に風が吹き込む気がする。サディアスの言ったとおり、目を閉じてしまえばいいのだろうか。だが、どうしたら……？

気づけば左右の乳首に、愛《いと》しいふたりの男性が吸いついている。

サディアスは丁寧に舌を動かし、ねっとりと吸い上げては先端をつつく。ノエルはおいしくて仕方がないとでも言いたげに、幾度も根本から先端までをしゃぶっている。

「どうして……？　ダメなのに、わたし、こんな……ぁ、あっ……、ん……！」

吸われるほど、何も出ないはずのそこから、心が吸い出されてしまうのではないかと思うほどのせつなさがこみ上げた。

奥深く秘めて、誰にも気づかれないように鍵をかけた心。サディアスとノエル、どちらも同じ強さで愛しているという、クレアのふしだらな本心。

――気づかれるわけにはいかないの。お願い、わたしの心を吸いださないで……！

次第に高まる快楽に、クレアははしたなく背をそらす。何かの弾みで、三つ編みのリボンが

ほどけた。やわらかく波打つ髪が草の上で揺らぎ、ふたりの幼なじみはクレアの胸を愛している。

「ああ、髪がほどけてしまいましたね。帰りの馬車で結い直してあげますよ。なので今は、どうぞいくらでも感じてください」

「ん……っ、や、いや……」

もう一方の三つ編みのリボンを軽く引っ張り、サディアスが、かり、と乳首に歯を立てた。

「っ……！　あ、痛……っ」

「あー、サディアス、姫に痛いことするなよ。かわいそうだろ。ね、姫、オレは優しくするからね。姫のいっぱい感じてるとこ、もっと感じさせてあげる」

左右に異なる強さで甘苦しい刺激を受ける彼女のしどけなく投げ出した足を、彼らはそっと開かせる。そして、みだりがましく揺らぐ乳房を愛しながら、腰を覆う布の中に手を入れた。

どちらが、ではない。どちらも同時にだ。

「やっ……！　待って、待ってください、そこは……っ、ん、あぁっ……！」

抵抗しようとした途端、胸を強く吸われてびくびくと体を震わせる。そうしている間に、サディアスの指が蜜口に、そしてノエルの指が花芽にたどりついてしまった。

「姫、ここも感じてたんだね。膨らんで、早く撫でてっておねだりしてるよ」

「ちが……っ」

「何も違いません。姫のここからは、もう甘い蜜がしたたっていらっしゃるようです。手袋が濡れてしまうほどに」

「……っ、あ、ダメ……っ」

腰を跳ね上げ、クレアは泣きそうな声をもらす。すると、寝台の上では決して彼女の制止を聞かない男たちがそれぞれ手を下着から抜いた。

「……あ……、いや、どうして……？」

頬を真っ赤に染め、クレアがふたりを交互に見つめる。

無意識のことだった。

こんなこと、やめてほしいと思っているはずだった。

それなのに、実際にふたりが行為を中断すると、クレアの体は寂しさともどかしさで泣きたいほどにせつなくなる。

「手袋をはずすだけですよ。姫、遠慮せず感じてくださってかまいません。嫌がるふりなど、しなくてよろしいのです」

サディアスの言葉に、心のすべてを見抜かれた気がして、頬どころか耳まで赤くなった。

「そそ、オレはね、指先ちょっと濡らしてから撫でてあげようかなって。ほら、こうしておけばもっと気持ちいいんだよ」

自分の唾液で指を濡らし、太陽の光を受けて淫靡にきらめく指先をクレアに見せつけてから、ノエルがまた手を腿《もも》に這《は》わせる。

――いけないとわかっているのに、わたしはもう拒めない。ほんとうは、拒んでいるのは口先だけで、心も体も彼らを欲しているのだもの。

羞恥に頭がおかしくなりそうだった。

そんな彼女の心を慰めるように、ノエルの指が探りあてた花芽をこりこりと撫《な》でる。

「あぁ……っ、あ、ぁ、イヤ……っ」

「うん、わかってるよ。姫、感じすぎちゃうからイヤなんだよね？　でも、そういうのもかわいい」

意図せず腰が揺らぎ、はしたなく開いた足の間に今度はサディアスの指が潜り込んだ。手袋をはずした指先は、迷いなく蜜口にたどり着く。

「声をあげても平気です。どれほど感じてくださっても、それは恥ずかしいことではなく、我々に対するご褒美なのですよ、姫」

「ひ……っ……、ぁ、待っ……、ん！」

くぷ、と中指を受け入れた蜜口が小さく音を立てた。指一本では、愛杭を穿《うが》たれるのに比べて圧迫も少ないはずなのに、クレアの体は全身がわななきはじめる。

――どうして……？　これだけで、おかしくなりそうだなんて……。

赤い唇がせつなげに震えるのを見て、ノエルが花芽を指先で弾《はじ》いた。

「あぁっ……！」

「姫、サディアスの指でそんないやらしい顔しちゃうの？　妬《や》けるよ、ほんと。オレにも、その顔いっぱい見せて」

胸を舐《な》めていたはずが、ノエルは上半身をずらしてクレアにキスをする。重なる唇が、全身に広がる快感を優しく甘く緩和してくれる気がして、彼女はされるままに目を閉じた。

「かわいい……。姫、キスされるの好きなの？　もっと舌、出してみて」

愛しさを隠さないノエルのキスに、次第にクレアは抵抗できなくなっていた。やわらかな唇が重なると心が疼き、舌を絡められると腰が浮く。

「ん……っ、ぁ、ふ……、あっ……⁉」

しかし、淫らに腰を揺らした瞬間、サディアスの指が根本まで埋め込まれた。隘路《あいろ》を抉《えぐ》り、指腹で濡襞をくすぐるその動きに蜜口がひくつく。

「ほんとうに姫は愛らしいですよ。キスされるとここも締まるのですね。私の指を食いしめて、もっと食べたいとおねだりしてくださる」

クレアに見せつけるように、サディアスが舌先でちろちろと胸を舐めながら指を動かした。淫靡なまなざしは、ノエルのキスに感じる彼女を責めている。

「ち、ちが……っ、わたし、そんな……ん、んっ」

キスで感じるなんて、はしたないことだ。まして、自分で腰を振ってサディアスの指が与える刺激をもっともっとと貪りながら、ノエルにキスされているだなんて——。

「ひどいよ、姫。サディアスばかり見ないで。ね、オレのキスで感じてるなら、姫を濡らしてるのはオレだよ。サディアスに指でされてるからじゃない、オレにキスされてるから感じるんだよ」

角度を変えては唇を重ね、もらした吐息さえも閉じ込めるように、ノエルはクレアにキスを続ける。サディアスにはわたさない、と彼のキスが告げていた。

「どうぞ、その駄犬のキスに感じていていいのですよ。それでもあなたのここがしゃぶっているのは、私の指です。なんなら指よりもっと太いもので抉ってさしあげましょうか？」

「ちょ……、サディアス！　今日は入れるのナシって決めてただろ！」

「貴様がなんと言おうと、姫がお求めになれば仕方があるまい」

クレアに話しかけるときとはまったく違う、ぞんざいな話し方。サディアスとノエルは、今日も何か勝手な取り決めをしてきたらしい。

——つまり、最初からこうするつもりでわたしを誘ったの……？

息が上がり、もどかしくもじれったい刺激で、クレアの体は熱を帯びていた。腰の奥は、せつなくておかしくなりそうだ。

「姫！　ダメだからね、おねだりしちゃダメ。今度、オレがいっぱいしてあげるから今は我慢だよ！」

先ほどまでは撫でたり弾いたりと、花芽を弄んでいたノエルの指先が動きを変える。人差し指と親指できゅっとつまみ上げ、敏感な部分を捏《こ》ねはじめた。

「やぁ……っ……！　や、それ、ダメです……っ」

びくんっ、と腰が跳ね、空洞にくわえ込んだサディアスの指をいっそう締めつける。締めつけるほどに、その存在を強く感じてしまうのはどうしようもない。

「そうですよ。姫、我慢などなさらないでください。指一本では足りないのでしょう？　入り口がひくついて、こんなに蜜をしたたらせていらっしゃいますよ。早く、入れてほしいと仰《おっしゃ》ってください」

甘濡れの内部で軽く指を曲げると、サディアスが胸にキスを続ける。ノエルはノエルで唇を重ね、クレアはもう自分が自分ではなくなってしまいそうな感覚に陥っていた。

感じやすい場所をふたりがかりで弄《いじ》られ、慣れない彼女がこらえられるはずがない。胸を、唇を、花芽を、そしてはしたなく疼《うず》く内部を刺激され、クレアは全身をこわばらせる。

「や……っ、ぁ、ダメ、ダメぇ……っ！　あぁ、ぁ、あっ――」

細いのどを反らし、彼女はふたりの男に見つめられるなか、腰高く踊った。指をくわえ込んだ蜜口から、おびただしい量の媚蜜があふれる。

「いい子だね、よしよし。姫、ちゃんと我慢して、指だけでイケたね」

額と額をこつんとつけて、ノエルが触れるだけのキスを落とした。

「こんなに飛沫《しぶき》をあげるほど感じてくださったのですね、姫。嬉しゅうございます」

まだきゅうと締まった蜜口に、根本まで指を埋め込んだままで、サディアスも彼女の髪にキスをする。

何に感じて、何で達したかなど、クレア自身にもわからない。ただ、ふたりの愛撫《あいぶ》が彼女を快楽の果てへと導いた。わかるのはそれだけだ。

「ですが、今日はここまでにいたしましょう。そろそろ馬車が戻ってくる頃合いですね。ノエル、様子を見てこい」

「えー、なんでオレ⁉」

「犬なら見張りくらいできるだろう？」

「だから、犬じゃないって！　オレは姫の恋人になるんだからな！」

ぶつくさ言いながらも、立ち上がったノエルはフロックコートについた草を払い、まだ恍惚《こうこつ》として起き上がれないクレアを見下ろした。

「あーあ、姫のかわいい顔、もっと見たかったな。続きはまた今度ね！」

その場で二度、軽く跳ねると、彼は走りだす。俊足のノエルが馬車道へと走る姿は、野生の動物のようにしなやかだ。

「……わたし、こんな……、もう、どうしたら……」

すみやかに彼女の衣服を直していくサディアスに身を任せながら、クレアは右手で目元を覆う。

愛を注がれなかったから許されるということではない。ふたりの愛撫に蕩けて、王女らしさとは程遠い淫らな声をあげた。このままでは、ふたりの愛に溺れて息もできなくなってしまう。

「困った顔も魅力的ですが、心配はいりませんよ。申しあげているでしょう？　姫の望みはすべて叶《かな》います。私が叶えてさしあげますから。――ああ、髪に草が絡まっていますね。帰りに馬車の中で結い直しましょう」

脱げていた靴を履かせ、がくがくする体を支えて立たせてくれるサディアスは、先ほどまでの淫らな行為の余韻さえ感じさせない。ひたすらに優しい幼なじみだ。

――だけど、わたしの望みはあなたたちふたりとずっと一緒にいたいということなの。ねえ、サディアス、あなたがどれほど聡明でも、こんなはしたないことを思っているわたしを想像できはしないはずです……。

三つ編みのくせがついた髪を軽く手で梳《す》いて、彼は帽子をかぶせてくれる。

「馬車も戻ってきたようです。花かんむりは持って帰られますか？」

「……いいえ、土に還《かえ》してあげましょう。せっかく咲き誇っていたところを、たくさん摘んでしまいましたから」

「姫に愛《め》でられるなら、花も本望でしょうに」

手首に巻いていた花は、いつの間にか行方がわからなくなった。ふたりに取り合われる例えになっていた白い花も同様だ。

言葉にできない寂しさを感じながら、クレアは顔を上げる。

視線の先、ノエルがこちらに向けて大きく手を振っていた。

日が暮れる前に王宮へ戻ると、待ちかねたようにカーラが馬車から降りたクレアを出迎える。

馬車の中でサディアスとノエルが髪を結い直してくれたのだが、いつも彼女の髪を整えてくれるカーラは、何かに気づいたようにじっと三つ編みを見つめていた。

「カーラ、た、ただいま戻りました」

「おかえりなさいませ、クレアさま。お疲れでいらっしゃるかと、勝手ながら入浴のご用意をさせていただきました。いかがされますか？」

いつもと同じ堅苦しいほどの丁寧な口調と、感情の読み取れない無表情。たいていの侍女は愛想よく女性らしいものだが、カーラだけは違っている。しかし、クレアはこの侍女のことをほかの誰より信頼していた。

「ありがとうございます。では、一度部屋に戻ってから入浴します」

「かしこまりました」

頭を下げると、肩幅の広い侍女がノエルからバスケットを受け取る。

――髪のこと、何も言われなかった。良かった、今日のことに気づかれたらなんて答えていいかわからないもの。

脳裏に、花畑での甘く淫らな記憶が蘇り、クレアはうっすらと頬を染める。

「ふたりとも、今日はとても楽しかったです。あの、懐かしいお花畑に連れていっていただき、ほんとうに嬉しかったと申しますか……。兄のことで気落ちしているわたしを慰めてくださる優しい気持ちが心に沁《し》みました。ありがとうございます」

カーラの手前、なぜか言い訳じみた言い方になってしまったが、楽しかったのはほんとうのことだ。

早く心から立ち直り、王女として頼られる立場にならなくてはいけない。クレアは改めて自分の立場と、やるべきことを確認する。

「それでは、これで失礼いたします。カーラ、行きましょう」

けれど、今日の出来事は胸に秘めておかねばなるまい。結婚相手が誰になるにしろ、三人で一緒にいられるわけではないのだから。

そそくさと王宮へ戻ろうとするのは、少々無礼かとも思ったが、これ以上そばにいれば離れたくなくなる。

――そろそろ枢密院の決議も出ておかしくない。そのとき、わたしはどうするつもりなの？

サディアスを選ぶの？　それともノエル？

答えはまだ見つからない。どちらを選んでも、選ばなかったもう一方とは、今までどおりでいられなくなる。

「クレアさま、そのように急がれては足元が危ないですよ」

カーラの声に、自分がずいぶんと早足で歩いていたことを知り、クレアは小さくため息をついた。

「……そうですね。慌てても仕方がありません。ゆっくり参りましょう」

オルミテレスの空が、音もなく暮れていく。

せつなげな瞳で空を見上げたクレアを、少し離れたところでモーリスがじっと見つめていた。

「子どもだと思っていたが、ずいぶんと女らしくなってきた。あれなら、じゅうぶん満足させてもらえそうだな」

くっくっと下卑た笑いをもらす彼のことを知らず、クレアは少し身震いすると王宮へ消えてゆく。

「それにしても、あのふたりは邪魔だ。さっさとクレアのそばから引き離したほうがいいな。護衛軍は無理にしても、神学校のほうなら手をまわせば……」

馬車の前でクレアを見送っていたサディアスとノエルを睨みつけ、モーリスはぶつぶつと独り言を続けた。学問でも武術でも、彼はいつも臣下の息子であるふたりにかなわないことに腹を立てていた。そもそも彼は、目の上のたんこぶのような王太子さえいなければ、自分こそが王に相応《ふさわ》しいと思い込んでいたのだ。

「あれは俺の女になるべきだ。そう、あの女さえ手に入れれば、俺が次の王になるんだ……」

モーリスの浅はかで下賤《げせん》な企《たくら》みなど、クレアが知る由もなかった。

夕暮れはオルミテレスの王宮をオレンジ色に染め、モーリスの謀略をも覆い隠す。

§　§　§

三日後、ノエルが護衛軍の訓練の帰りに王宮のクレアの部屋を訪ねてきた。手には、最近海外から取り寄せたという菓子を持っている。

ノエルの母親は、かつて父であるブライアンが海外留学していたときに見初めた女性で、オルミテレスとは別の大陸で生まれ育った。そのため親戚が海外に多く、彼は珍しい菓子や絵画を手に入れると、いつもクレアに届けてくれるのだ。

考えてみれば、国内でも指折りの名家でありながら、他国の女性を夫人に迎えるブライアンはずいぶん豪快な男性だろう。その息子であるノエルが、貴族としても軍人としても破天荒なのはある意味父親譲りとも言える。

「姫、このキャンディはね、すっごくキレイなんだよ。色とりどりで、見ているだけでも楽しくなる。だから、一緒に屋上で食べよう！　うん、それがいい、そうしよう！」

カーラに案内されて部屋に入ってきたノエルは、開口一番そう言って、クレアの手をとった。

「カーラのぶんもあるからね。あとで渡すから、ちょっとだけ姫借りるよー」

有能な侍女は、クレアにとって害となる来客は決して通さない反面、大切な友人相手には多少クレアが困ったことになっているときも手を出さない。ましてノエルは、人たらしのきらいがあるほど、誰からも愛される青年だ。カーラとも日頃から武術について語りあう彼を、カーラが邪魔することは当然なかった。

「いってらっしゃいませ。お茶が必要なようでしたら、のちほどお運びいたしますが……」

「あっ、いらないよ！　お茶だったら、こっちに戻ってから飲むから、部屋に準備しておいて！」

ノエルはクレアを急《せ》かし、屋上庭園へ向かう。

「もう、ノエルったらそんなに急がなくても屋上は逃げませんよ」

「屋上は逃げないけど、いちばん空がキレイな時間は逃げちゃうんだよ、姫。ほら、見て」

色あせた赤いベンチに座って、ノエルが遠い空を指さした。

夏空にはつい先ほどまで白く積み重なった雲がかかっていたが、彼が示す方角はオレンジとも紫とも判別できない、不思議な色を醸し出している。

「え……？」

あまりに見慣れない空の色に、クレアは目を瞠《みは》る。生まれてから十七年、この王宮に暮らしているというのに、あんな空の色は初めて見た。

「不思議でしょう？　オレも最近知ったんだけど、夏のこの時期だけ、夕陽《ゆうひ》が落ちる直前に空があんな色になるんだ。いろんな色をまぜたみたいで、だけどどの色にも似ていなくて、すごくキレイだったから姫にも見てもらいたかったんだよね」

白いハンカチをクレアの膝に広げ、ノエルは持参した菓子を載せていく。

それは、彼が言っていたとおり、見目麗しい色とりどりのキャンディだった。キャンディはクレアも今までに何度も食べたことがあるけれど、彼女の知るキャンディと何かが違っている。

「これは……キャンディですよね？」

「うん、キャンディだよ。だけど、中は違うんだ。食べてみて」

勧められるままに、ピンク色の一粒を手にとってみた。ころりと丸いそれは、なんだか普通のキャンディよりも軽く感じる。

「いただきます」

口に入れて舌で転がしてみると、唐突に表面が割れた。割れたというよりも、溶けて穴が開いたような、奇妙な感覚だった。

「んっ……!?」

口元を手でおさえ、クレアはぱちぱちと長い睫毛を瞬《しばたた》かせる。

なんとも不思議なことに、キャンディの中からとろりとアルコールのような甘く濃厚なシロップが出てきたのだ。

「驚いた？　これ、ボンボンっていうらしいんだけど、中にお酒を煮詰めたシロップが入ってるんだよ。甘くておいしいよね」

「はい、とても驚きました……！　ワインとも違いますし、これはなんというお酒なのでしょう？」

「うん、わかんない」

珍しい菓子を取り寄せるのは好きらしいが、にっこりと笑うノエルは、残念なことに素材や製造法には詳しくない。しかも、それを知らないことを隠したりせず、おいしければいいという素直さが彼の人間としてかわいらしい面だ。

「ふふっ、ノエルはいつも楽しいです」

「えっ、今、オレ、姫に笑われるようなこと、何か言った⁉」

「だって、そんなすてきな笑顔で『わかんない』だなんて言われると……」

くすくす笑うクレアに、ノエルも釣られて笑顔になった。

「わからないものはわからないからなあ。サディアスならきっと、作り方から説明してくれるんだろうけど、オレはそういう難しいのってムリ！　おいしければいいって思っちゃうんだよね」

金色の髪を軽くかき上げた彼の手の下で、耳の脇の編みこみがちらりと覗く。これも以前は軍人らしくないとブライアンに文句を言われていたようだが、ノエルのこだわりに父親が折れたのか、彼の定番の髪型となっている。

「ノエルのそういうところ、とても好きです。おおらかで、他人の価値観ではなく自分の感覚を信じているところ。皆がノエルのことを好きなのもわかる気がします」

「オレは姫に愛されたら、それだけでじゅうぶんなんだけどなあ。でも、前みたいにいきなり指輪を押しつけるのはルール違反だと思うし、これからは好きって思ってもらえるところを増やしていくよ」

「あ、あのときは……その……」

特別な女性に贈る指輪。あれはもしかしたら、彼の家に伝わるものだったのかもしれない。無碍《むげ》に突き返した自分のせいで、ノエルはあの夜の暴挙に及んだのかもしれないのだから、話題にするのは良くないことだと思い込んでいたけれど、彼はそこまで気にしていないらしい。

「急ぎすぎたオレが悪いだけなので、姫が困った顔しちゃダメ。サディアスにとられるのが怖くて、オレだけのものにしちゃえって思ったんだ。だけど、そういうのはいけないよね。オレはオレなりに、正々堂々と姫に愛を乞うよ」

「………ノエルは、強いですね」

明るく、前向きなノエル。

誰もが彼を好ましく思うのは、ただ前だけを見ているのではなく、彼が失敗することを恐れないのが理由かもしれない。たとえ失敗しても、ノエルはくよくよと悩むのではなく次にいかそうと考える。その強さが、彼の優しさにつながっているのだろう。

「えー、そりゃ、オレ一応護衛軍だよ？　姫より弱かったら、悪いやつから姫を守れないからね」

「そういう意味ではないのですが……でも、いつも守っていただいてます。ありがとうございます」

「いいんだよ。だって、これがオレの役割だ。大好きな姫を、そして姫の大好きなこの国を、オレはずっと守っていく。難しい政治のことはサディアスにまかせておけばどうにかなるし、姫は何も心配しなくていいんだよ。オレたちは、姫がいつも笑っていられるように戦うんだ」

明るい笑顔も、陽気な声も、いつもとなんら変わらないノエルだというのに、彼がそんなふうに考えていたとは知らなかった。

「わたしの好きな国を……守るのですか？」

「そうだよ。大好きな女の子の大好きなものを守れなきゃ、意味がない。守るっていうのは、そういうことなんだ！　――って、親父の受け売りだけどね」

照れたように頭を掻くノエルは、子どものころと同じような笑顔で、けれど子どものころとは違う男の顔をして、クレアを見つめている。

不意に心臓がどくんと大きな音を立てて、クレアは彼の笑顔を直視できなくなった。

――ノエルもサディアスも、わたしを守るために……わたしの大好きなこの国を守ろうとしてくれているだなんて……。

優しくて強くて、そしてあたたかい。

彼らの愛情は、いつもクレアを包んでくれる。

「そろそろ涼しくなってきたね。姫、部屋に戻ろうか。お茶を淹《い》れてもらって、カーラにもボンボンを食べさせてあげよう」

「はい」

クレアは胸にあふれる幸福感を、色とりどりのボンボンと一緒に白いハンカチに包み込んだ。

枢密院がどのような結論を出したとしても、そしてクレアが結婚相手に誰を選んだとしても、それとは別に自分の気持ちをはっきりとふたりに伝えよう。

選べないほどに、ふたりのことを愛している、と――。

「そういえば、サディアスはいつまで神学校の手伝いに行っているのですか？」

この場にいない幼なじみは、かつて学んだ神学校から頼まれごとをして二日前から家を空けているらしい。

「さあ、いつまでかな。そんなに長いことかからないとは思うよ。そろそろ枢密院にも顔を出すつもりみたいなことを、この間言ってたから」

「枢密院に？」

呼び出しに応じずいることを心配したこともあったが、彼には何か考えがあったようだ。

——そのときには、わたしも結論を出さなくてはいけなくなる。ならばその前に、この想いだけはふたりに伝えなくては。

決意を胸に、クレアは遠い空を見上げた。

§　§　§

サディアスが神学校の手伝いに行ってから五日が過ぎた午後、クレアのもとに珍しい客人が訪れた。

「クレアさま、モーリス殿下がいらっしゃってますが、いかがされますか？」

心持ち不愉快そうなカーラが、それでも王族の訪問を門前払いするわけにもいかず、クレアのもとへやってきた。

「モーリスさまが？　何かあったのかしら……」

「クレアさまとティータイムを、とケーキを持ってきたそうですが、もし体調がよろしくないのでしたらその旨伝えてまいります」

健康状態に問題はない。そのことは誰よりも側仕えのカーラが知っているはずだ。つまりカーラは、モーリスの来訪をクレアのためにならないと考えているのだろう。

——今となっては、数少ない親戚だもの。わざわざ来てくださったのだから、お断りするのは失礼だわ。

あまりモーリスに対して良い印象はないが、彼は彼なりにクレアと仲良くなろうと思っているのかもしれない。

「わかりました。では、お茶のしたくをお願いできますか？」

「……かしこまりました」

こんなときも、カーラは余計なことを言わず、ただ主の言葉に従う。ほんとうによくできた侍女だ。

カーラが応接間にモーリスを通すために席をはずしたので、クレアは鏡の前で髪を少し整える。

今日は襟の高いドレスを着ておいて良かった。モーリスの視線を感じると、申し訳ないことにひどく居心地が悪くなるのだ。それも、胸元があいているドレスのときは強く感じる。

ケーキを持ってきてくれたとなれば、相手もわざわざ喧嘩《けんか》をしにきたわけでもあるまい。少しでも楽しい時間を共に過ごせるよう、今日は気をつけなくては。

クレアは鏡の前で自分に言い聞かせ、応接間へ続く扉を開けた。

「まあ、なんておいしそうなんでしょう。モーリスさま、ありがとうございます」

テーブルを挟んでモーリスの正面に座ったクレアは、長椅子の上で子どものように瞳を輝かせる。

モーリスが持参したというケーキは、パイ生地の上にたっぷりとクリームを塗り、零《こぼ》れ落ちんばかりにブラックベリーとブルーベリー、ラズベリーを盛りつけたものだった。

「喜んでもらえて嬉しいね。クレアがベリーを好きだと聞いたから、わざわざ作らせたんだ」

「そうだったのですか？　お気遣い、嬉しく思います」

ふたりの会話を聞きながら、カーラがティースタンドをテーブルに置き、香りの良い紅茶を準備してくれる。

――こんなおいしそうなケーキをわたしのために準備してくださるなんて、もしかしたらわたしはモーリスさまのことを誤解していたのかもしれない。

兄ザカリーが存命のころも、モーリスとはあまり親しくしないよう言われていたが、それはあくまでもモーリスの素行に問題があったためだ。

昨年もいろいろとニコラス王とやりあったと聞いているが、モーリスも三十を迎えて落ち着いたのだろうか。もしもそうなら、今までの彼の言動ではなく、心を入れ替えた目の前のモーリスをきちんと見なくては失礼にあたるとクレアは考え、なるべく過去のことは考えないようにした。

「ところでクレア、俺たちは近い親族だというのにあまり腹を割って話をしたことがない。今日はいい機会だから、お互いのことをじっくり語り合いたいと思って来たんだ。おまえも兄を亡くしたばかりで、気落ちしているだろうし、これからは俺のことを兄のように思ってくれてもかまわないんだぞ」

思いもよらない優しい言葉に、思わず目頭が熱くなる。

幼いころから、モーリスはあまりクレアをよく思っていないことを知っていた。父が征服した国の王女を娶《めと》って生まれたクレアを、自国の人間として認められないモーリスの気持ちもわかるところがあったが、こうしてお互いに大人になって心を通わせられる日が来るとは。

「ありがとうございます、モーリスさま。そのお言葉だけで、ほんとうに嬉しゅうございます」

「ははっ、大人になったと思っていたが泣き虫は簡単に治らないか」

カーラが切り分けたケーキを皿に取り分けると、テーブルから下がり入り口扉の前に待機した。

「そこの侍女、カーラといったか。クレアの側仕えの者たちのためにもケーキを持ってきてある。よければぜひ食べてきたまえ」

「お心遣い感謝申しあげます。のちほど、皆でゆっくりといただき……」

「いや、ぜひすぐにでも食べてほしいのだ。これは腕の良い菓子職人に特別作らせたものでな。なあ、クレア。おまえも侍女たちにおいしいものを食べさせてやりたいだろう？　積もる話もあるから、ふたりでゆっくりしよう」

サディアスやノエルが来ているときでも室内に控えているカーラを、下がらせるよう言われ、クレアは少しだけ不安な気持ちになった。

——いけないわ。せっかくモーリスさまがお心を開いてくださっているのに、わたしが頑《かたく》なになってはわかりあうこともできなくなる。

普段ならばカーラを下がらせることなどないのだが、このときばかりはクレアも控えめに頷いた。

「カーラ、モーリスさまもこう仰《おつしや》ってくださっているから、どうぞ皆でケーキを食べてきてください」

「…………はい、ありがとうございます」

ひどく長い沈黙のあと、カーラは何か言いたいことを呑み込んだ様子で一礼し、ティーワゴンを押して部屋を出て行く。

——下がらせたこと、何か気分を害してしまったかしら。もしかしたら、カーラもモーリスさまに対して少し不安があるのかもしれないわね。だけど、こうして侍女たちにまで気を配ってくださる、わたしの大切な親族なのですもの。わかってくれるといいけれど……。

「あの侍女は少し見目がよろしくないだけかと思ったが、態度も悪いのだな。クレア、使用人というものは使う主の格が表れる。もっと美しい侍女を揃《そろ》えたほうがいいのではないか？　おまえはどんな美しい侍女を集めても、決して色褪《いろあ》せることのない美貌を母親から継いでいるようだしな」

あまりの言葉に、一瞬クレアは心が痛むのを感じた。

カーラはたしかに美しい侍女とは言いがたいかもしれないが、いつでもクレアのために尽くしてくれる。心の清く美しく、そして強い女性だ。

「カーラはわたしにとって、とても大切な侍女です。それに、仰るほどわたしは美しいわけでも……」

「いや、まあいい、まあいいのだ。さあ、このケーキにはな、特製のシロップも持ってきている。使用人たちと同じ味を王女に食べさせるわけにはいかん。おまえにだけ、特別かけてやろう」

彼女が困惑したのを察したのか、言葉を遮るようにしてモーリスは身を乗り出した。ポケットから取り出したのは、ガラス製の小瓶。中には琥珀色《こはくいろ》のとろりとした蜜らしきものが入っている。

「せっかくですから、まずはこのままで一口いただいては……」

「そう言うな。甘いものを控える必要もない。おまえはもっとふくよかになってもいいくらいだ」

制止しようとするクレアを無視して、モーリスは彼女のケーキに琥珀色の液体をかけた。

――なんだかモーリスさまはつかみ所のない方……。侍女たちに優しいのかと思えば、まったく違う意見を口にされる。

奇妙な違和感が残ったが、いちいち思ったことを口に出して、相手を不快にさせる必要もあるまい。

「ありがとうございます。では、いただきますね」

違和感も甘いケーキと一緒に噛み砕いて呑み込めばいいのだ。クレアは自分にそう言い聞かせ、フォークでケーキを一口切り分ける。

新鮮なベリーがころりと皿の上を転がり、彼女はそれを慈しむような瞳で見つめた。小さく丸い果実は、シロップのせいかますます艶を帯びて色鮮やかに感じられる。

「……まあ！　とても新鮮な味がいたします。これは、摘んだばかりの果実を用いたのですか？」

予想以上の味わいに、クレアはモーリスに問いかけた。これほどの菓子職人ならば、モーリスが侍女たちに早く食べさせたがったのも納得である。

「ああ、まあ、そうかな。いや、そうだ。おまえに食べさせるために、今朝摘んだものを使ったのだ、おそらく」

「侍女たちも皆、喜ぶことでしょう。モーリスさまは召し上がらないのですか？」

「おまえがおいしそうに食べる姿に見とれてしまった。さあ、俺も食べるとするか。クレア、どんどん食べなさい」

「はい」

彼女が二口目、三口目と食べる姿をやけに注視しながら、モーリスもケーキを食べはじめた。

──わたしの口に合うか、気にしてくださっているのかもしれない。

相手には思惑があるのだが、人を疑うことを知らないクレアはモーリスの事情などつゆ知らず、ケーキを口に運ぶ。

異変に気づいたのは、半分ほどケーキを食べたときだった。

甘いクリームを使ったケーキにシロップのようなものをかけたのだから当然かもしれないが、ひどくのどが渇く。ティーカップが空《から》になっても足りないほど、のどの奥が熱いのだ。

──どうしましょう。せっかくモーリスさまが準備くださったケーキなのに、飲み物もなしにこれ以上は食べられそうに……。

「そろそろ、効いてきたか」

「え……？」

何を言いたいのかわからず、戸惑いながら顔を上げた彼女の正面、モーリスはのっそりと立ち上がると、襟元を緩める。

「あ、あの、どうかなさいましたか、モーリスさま……？」

のどが渇いているせいか、声がうまく出ない。それどころか、紅茶を飲み干してなお、のどの熱さは増していく。気づけばのどどころか、全身が火照りはじめている。

「おまえの周りは慎重な人間が多くて、ここまで来るのにずいぶん手間取った。あの小賢《こざか》しい神学者や、うるさい軍人、それに最後の関門はずいぶんと体の大きな侍女ときてはな……。だが、おまえ自身はいくつになっても子どもだ。男とふたりきりになるということの意味もわからんのだな？」

モーリスはいやらしい目つきでクレアを見下ろすと、テーブルの横をまわって彼女に近づく。

――どういう……意味……？　なんだか、頭がぼうっとしてうまく考えられない……。

「ケーキに混ぜることも考えたが、そうすると成分が薄まってしまう。それに、俺が食べないのを不審に思われても面倒だから、原液をそのままかけてやったのだが、媚薬とはこうも効くものか」

そこで初めて、クレアは目の前の男を疑った。

媚薬、と彼は言ったのだ。人払いをして、クレアに媚薬を使った。いかなクレアでも、これがどんな意味を持つのかわからないとは言えなかった。

「な、なぜ、そのような……、あぁっ！」

問いかけを言い終える前に、逃げようと身を引いたクレアの肩をモーリスが強くつかむ。

――いや！　触れられただけだというのに、体がおかしい。どうしてこんな、はしたない声が出てしまうの？

「おとなしそうな顔をして、ずいぶんな王女さまだ。そんなに目をうるませて、俺に抱かれたいのか？」

「違います、離してください……」

サディアスとノエルに愛された体は、快楽の意味を知ってしまった。

だからこそ、クレアにはわかる。

今、彼女の体は強制的に愛される準備を整えようとしているのだ。心を無視して、体から反応を引き出す――そういう薬を使われたに違いない。

「違う？　何が違うのかわからんな。いやらしい目で俺を見ているくせに。さすがは異国の売《ばい》女《た》の娘だ。その体、たっぷりと味を見てやろう」

「いや……っ」

長椅子に押し倒され、懸命に抗《あらが》おうとするが手足に力が入らなくなっている。それどころか、不快感だけがこみ上げる心とは裏腹に、モーリスに触れられた部分がいっそう熱を帯びた。

「おまえの純潔を奪えば、この俺こそが次の王だ。下賤な者たちを王配に迎えるよりも、正しき血統の王を迎えるほうが、王もお喜びになるはずだからな」

高襟のドレスを乱暴に破り、モーリスは逃げようとあがくクレアの胸元をあらわにする。

「やめ……、やめて、やめてくださ……っ……、あぁっ」

あられもなく衣服を破られ、ドレスの裾をめくり上げられ、クレアは四《よ》つん這《ば》いになって長椅子の上を逃げようとした。しかし、力の入らない四肢ではどうにもならない。男の乱暴なまでの力を前に、彼女は無力である。

——もしも、このまま犯されたならば、わたしが純潔を失っていることを知られてしまう……！

そうなれば、卑怯《ひきょう》な真似《まね》をするモーリスのことだ。相手は誰かと血眼になって犯人探しを始めるに違いない。

クレア自身が穢《けが》れた王女だと罵られるのは、自分の責任だと受け入れられる。だが、もしもサディアスとノエルにまで被害が及んだら、彼女には助ける手立てがない。

未婚の王女を穢したと知れれば、ふたりには不敬罪が適用されるのは目に見えている。

——知られるわけにはいかない。けれど、このまま抱かれることもできない。わたしは……わたしは、どうしたら……大切なひとたちを守れるの……？

身を捩《よじ》りながら懸命に考えるが、どうあっても男の力にはかなわない。クレアの足から、下着が剥《は》ぎ取《と》られる。

「あ、イヤ……っ！　やめて、やめてください、モーリスさま……」

「何がイヤだ。下着にまでおまえのもらした蜜が垂れているぞ。媚薬を使ったからといって、これほどまでに感じるのはおまえがもとより淫売だからだ」

「ひ……っ……」

優美さの欠片《かけら》もない指が、クレアのせつなる合わせ目を強引に割り広げた。言われずともわかる。彼女のそこは、はしたなく蜜を垂れ流し、淫らにひくついているのだ。

――助けて……、助けて、ノエル、サディアス、ああ、お願い……！

「雌《メス》の匂いを漂わせて、俺を誘っていやがる。どうだ、ここにほしいんだろうが！」

「ぁ、あぁっ……！　やめて……っ」

モーリスは、なんの準備もなく彼女の蜜口に指を突き立てた。嫌悪感からあふれた涙が、彼女の頬を濡らしていく。しかし、体はまったく言うことをきかないどころか、指をくわえこんでしとどに媚蜜をこぼす。

「異国の娘は、ここの具合も良いそうだ。おまえも母親の血を引いて、淫らな体に育ったようだな。俺の指をうまそうにくわえているぞ」

「誰か……！　だ、誰か、助けて……！」

精一杯絞り出した声は、どこにも届かない。

心に反してぐっしょりと濡れそぼつ淫路を抉られながら、クレアはもう一度大きく息を吸った。

「助けて……！　ノエル、サディアス……っ」

「あんな男どもを呼ぶとは、王女も堕《お》ちたものだ。あいつらは、金輪際おまえには近づかせない。なに、俺の女になれば、すぐに忘れる。毎晩、この媚薬でいやらしい王女をしつけてやるからな」

「いやぁぁ、ぁ、サディアス……っ……、ノエルぅ……！」

泣きじゃくり、ただふたりの名だけを呼びつづける。クレアには、もう逃げるだけの力も残されていない。全身が脱力したように長椅子にうつ伏せたまま、彼女は銀の髪を揺らした。

「さあ、おまえの体と王位をこの俺に捧げろ」

モーリスがトラウザーズの前をくつろげる気配を感じ、クレアは息を呑んだ。

「ひ……っ……」

――耐えられない、こんな、こんな屈辱……！　わたしを愛してくれたふたりの想いさえも踏みにじる、こんな行為……！

いっそ、今すぐ舌を噛めばいい。

クレアは涙に濡れた瞳で虚空を見つめた。

国のため、民のため、しかるべき相手と結婚して子を生《な》すことが自分の努めだと思っていたのに、王族であるモーリスに組み敷かれた今、クレアは彼を受け入れることを耐えられない。

――最初から、ノエルとサディアスが相手だったから平気だったの……。わたしは、ふたりのことをずっと想《おも》ってきたから……。

ひくつくのどを鳴らし、クレアは口を開けた。最後にもう一度、彼らの名を呼ぼうとした、そのとき――。

信じられない出来事が起こった。

カーラも、ほかの侍女たちもケーキを食べにいって、誰も開ける者などないはずの扉が開いたのだ。そして、扉が開いたと同時に矢のような速度でサーベルを構えたノエルが駆け込んでくる。

「てめえ、切り落とされたくなければ、動くんじゃねえぞ！」

「な、なんだ、貴様！　誰の許可を得てここに……っ」

黒い護衛軍の制服に身を包んだノエルは、一瞬でモーリスのそばに寄り、その喉元にサーベルを突きつけた。そして、だらしなくむき出しになったモーリスのものを、ブーツのつま先で蹴りあげる。

「ぎゃぁあああぁ！」

猛獣のような悲鳴をあげて、モーリスの体が床の上に転がった。

――ノエル……、助けにきてくれた……。それとも、これは絶望の果ての幻……？

「姫、姫、聞こえる？　ねえ、姫！」

力強い腕に抱き起こされ、クレアはノエルの胸に倒れこむ。薄く目を開けると、金色の髪が視界で揺らいだ。

「ノエル……」

「ああ、良かった……！　姫、もうだいじょうぶだよ。あんな男に触れられて、気持ちが悪かったね。だいじょうぶ、もうだいじょうぶだから……！」

先ほどの威勢の良さとは裏腹に、ノエルの緑色の瞳に涙がいっぱいにたまっている。だいじょうぶと言うその声が震え、クレアを抱く腕が、伝わる心音が、彼のすべてが、愛《いと》しい女性を穢されそうになった恐怖を訴えていた。

「ノエル、ノエル、わたし……」

「だいじょうぶ……。もう、絶対オレが守る。姫がなんて言っても、絶対絶対、オレたちが守るから……！」

彼は手早く黒いジャケットを脱ぐと、クレアの肩にかけた。破られたドレスの胸元を隠すように、ぶかぶかのジャケットの前を合わせてから、ノエルは入り口に向けて大きな声をあげた。

「姫は無事確保した！　入ってこい！　モーリスを捕らえろ！」

その声を合図に、護衛軍の兵士たちが二十名ほど、クレアの部屋へなだれ込んでくる。最後尾には、武闘派侍女カーラの姿もあった。

「クレアさま！　ご無事でいらっしゃいますか？　ああ、ああ、なんとおいたわしいことに……！」

いつもは決して感情を表に出さないカーラが、逞《たくま》しい肩を小刻みに震わせてクレアにしがみつく。

「カーラ、心配いらない。姫は無事だよ。穢されてなんていない。オレが保証する」

「ノエルさま、ありがとうございます……！」

モーリスが侮辱した侍女こそ、クレアにとってもっとも素晴らしい侍女であることは、今また証明された。

王女の危機を察知した彼女は、退出するが早いかすぐ護衛軍の待機部屋へ向かったのだろう。南端にあるこの部屋からだと、護衛軍の使う部屋まではずいぶん距離がある。その距離を物ともせず駆けてくれたに違いない。

「カーラ……、ありがとう……」

涙でぐしゃぐしゃになった顔のまま、クレアは弱々しく微笑んだ。

「ああ、クレアさま……！」

そこに、護衛軍に囲まれたモーリスの大声が聞こえてくる。

「ふざけるな！　俺が何をしたというんだ！　俺は王族だぞ。王甥《おうせい》だぞ！　あいつだ、クレアのほうから誘ったんだ。いやらしい目つきで俺を誘惑して、罠《わな》にかけたんだ！　さすがは王を籠絡《ろうらく》した売女の娘よ！」

今もまだ媚薬の効果が抜けず、苦しげに息を乱すクレアの姿も目にはいらないのか、モーリスは保身のためにひどい言い訳を始めた。

王女を侮辱する言葉の数々に、護衛軍が怯《ひる》むのを感じる。同時に、モーリスも王族なのだ。誤認で牢《ろう》に入れた場合、ただでは済まない。

「――媚薬さえ使っていなければその言い訳に耳を傾ける者もあったかもしれませんね、モーリス殿下」

紺衣の裾を揺らし、黒いマントをまとった青年が人々の困惑を一蹴したのはそのときだった。

颯爽《さっそう》と室内に足を踏み入れたサディアスが、まっすぐにモーリスを睨《にら》みつける。

「……サディアス……？」

眼鏡の奥の水色の瞳は激しい怒りの炎を宿しているというのに、彼は冷静沈着を貫いていた。

いや、それは凍《い》てつくほどの怒りだったのかもしれない。

「フェリシア、こちらへ」

サディアスが手招きをすると、ひとりの女性が彼に近づく。白い包帯が見るに痛々しい、怪《け》我《が》を負った女性のようだ。

「彼女はモーリス殿下のもとで働いている侍女のひとりです。名前はフェリシア。以前からモーリス殿下の動向に不自然さを感じておりました故、何かおかしなことがあった場合には報告してもらえるよう、彼女に頼んでありました。そうですね、フェリシア」

「はい、仰《おっしゃ》るとおりでございます」

その場に集まった誰もが、信じられない言葉に驚愕したのは言うまでもない。一貴族の息子であり、神学者でしかないサディアスが、王族を見張らせていたというのだ。

「簡単に申しあげれば間諜《かんちょう》のようなものです」

驚いたのは護衛軍の面々だけではなく、モーリスも同様だったのだろう。

「な、なな、なんで、なんでフェリシアがここに……！」

いまだに股間を隠すことさえせず、あわあわと唇を震わせている。

そして、さらにいえばサディアスの仲間であるはずのノエルまでもが目をまんまるにしていた。

「サディアス、そんなことやってたのか！　腹黒いとは思っていたけど、さすがだな！」

ぎろりとノエルをひと睨みしてから、サディアスはフェリシアに問いかける。

「そして今回、殿下はあなたに何を命じましたか？」

「媚薬を準備するよう命じられました。そして、飲み物や食べ物に仕込むよう言われたのですが、人として間違った行為と感じ、お断りいたしました。すると殿下はわたくしをサーベルの鞘《さや》で殴り、媚薬だけを奪ってお屋敷から放り出したのでございます」

それまで黙していた護衛軍の兵士たちは、互いに目配せをすると頷《うなず》き合い、抜身のサーベルをモーリスに突きつけた。

「お、おい、おまえら、俺は王族だぞ？　あんな小娘の言うことより、俺の言葉を……」

「いい加減になさい、モーリス殿下！」

まだ言い逃れしようとするモーリスに、サディアスが止《とど》めの一喝を食らわせる。よく響く低い声に、モーリスはびくりと竦《すく》み上《あ》がった。

「そのような汚らわしいものを人前にさらしておきながら、あなたはまだクレア王女に責任をなすりつけるおつもりか！　このフェリシアの傷を、偽物だとでも言うのか！　女性に暴力を振るうような男が、国を担っていけるはずがあるまい！」

凍りつくほどの冷たいまなざしに、冷静さをかなぐり捨てた低い声。

怯《おび》えたモーリスのポケットから、媚薬と思《おぼ》しき液体の入っていた瓶が転がり落ちたのはそのときだった。

「ああ！　そ、それは、さわるな！　俺のものだ！　やめろ！」

護衛軍のひとりが小瓶を拾い上げ、兵士たちが頷きあう。証拠は十二分にそろっていた。これ以上、モーリスを王族だからと放置する理由はあるまい。

ついにモーリスはがっくりと肩を落とし、護衛軍に縄を打たれた。

「……なんか、いいところ持っていかれた気がするんだけど、気のせい……？」

ノエルが小さくつぶやいた言葉に、カーラがため息をついたのは当たり前だったのかもしれない。

§　§　§

昼間だというのに寝室のカーテンは閉め切られている。

寝台脇に置かれた高足の丸テーブルには、水差しとグラスがひとつ。テーブルの下に無造作に落とされたクレアのドレスが、ひどく淫猥《いんわい》な様相を見せる。

室内にはせつなげな男女の息遣いと、蜜音ばかりが響いた。

「……こ、こんな、はしたないこと……、もう、許してください……」

敷布の上に四つん這いになり、薄衣の下着一枚をまとったクレアが、喘《あえ》ぎながらサディアスに訴える。

そのサディアスはといえば、彼女の背後から手袋をはめたままの左手で細腰をつかんでいた。そして手袋をはずした右手の指をクレアの蜜口に突き立て、隘路《あいろ》を淫らな音を立ててかき回す。

「姫、お口が休んでいますよ？　媚薬を盛られたあなたを癒やすため、我々は尽力しているのです。協力していただかないと困りますね」

すでにサディアスの右手は手のひらまでぐっしょりと媚蜜に濡れ、根本まで挿入した指がふやけるほどだ。

先ほどから、クレアが達しそうになるたび、彼は指の動きを休めてしまう。

――もうダメ……！　このままではおかしくなってしまう……。

涙目で腰を振るクレアの目の前で、屹立《きつりつ》したノエルの楔《くさび》がせつなげに震える。

「その愚昧《ぐまい》に罰を与えるのは、姫の役割だと説明したはずですよ。護衛軍などと名乗っておきながら、あなたが犯される直前まで目を離していた愚鈍に、罰を与えるのです。犬は粗相をした直後にしつけなければ、何が悪かったのかも忘れてしまいますから」

神学校の手伝いに駆り出されていたサディアスは、用事が終わってもやけに引き止められて異常に気づいたという。そして、急ぎ屋敷に戻ると先ほどのフェリシアが待っていたのだ。

サディアスにすれば、ノエルはあまりに不甲斐《ふがい》なく、護衛軍としての任務を果たさなかったということなのだろう。

「ですが、ノエルのおかげで助かったのです。サディアス、お願い……、ああ、もう、これ以上……っ、あ、ぁ……っ」

彼女の感じやすい箇所を執拗《しつよう》に指先で弄り、サディアスが無言で否の意を示した。みだりがましく腰を左右に揺らし、クレアは頭を低くする。そうすると、自然とノエルのものが口元に近づいた。

「さあ、感じたいのならばその男に罰を与えるのです。あなたのかわいらしい舌で舐め、愛らしい唇でしゃぶり、どれほど達したいと懇願されても、寸前で止める。わかりますね？　こうして、あなたが今されているのと同じように焦らしてやるのですよ」

視線を上げると、苦しそうに緑の瞳を濡らすノエルが彼女を見つめている。

彼は両手を後ろ手に縛られ、猿轡《さるぐつわ》を咬《か》まされているため、声をあげることもままならなければ、昂ぶる雄槍を自分で慰めることもできない。

――わたしのせいで、ノエルまでこんな……ああ、ごめんなさい、ごめんなさい……！

クレアは小さく口を開けると、舌を出して亀頭の側面をちろちろと舐《な》める。

「……ぅ、く……っ、う、う……」

猿轡で言葉を封じられたノエルは、クレアの与える弱い刺激に身を捩り、泣き出しそうな声をこぼす。その声は、いつもの明るく陽気な彼と違いすぎて、妙に心を疼かせた。

——こうしてわたしが舐めると、感じてくれるの……？　だったら、もっと、もっと……。

背後からサディアスの指で犯されているというのに——いや、狂おしいほどに感じさせられているからこそ、クレアは貪られる側の悦楽を分かちあおうと、ノエルのものを両手で握った。

「う……っ……、ぅ、ふ……っ」

想像以上にノエルが反応を示し、サディアスの指をくわえた蜜口がきゅうと締まる。

手の中で、ノエルの猛《たけ》る劣情が激しく脈を打った。

——もっと感じて……、もっと感じさせて……！

手指を使い、膨らんだ切っ先をしゃぶりながら、クレアは本能のままに腰を揺らす。

「は……っ、ぁ、あ、サディアス、もう……お願いです、もっと、あぁ……っ」

媚薬に狂わされた感覚が、彼女を貪欲な女に変えていく。

白い背にうっすらと浮かんだ汗の粒を見つめ、サディアスが嗜虐的《しぎやくてき》な笑みを浮かべていたことなど、彼女が知る由もない。

「姫、その程度ではノエルへの罰が足りませんよ。恥じらいなど捨てておしまいなさい。それともあなたは、もうこの指を抜いてほしいのですか？」

「ああ、イヤ……、お願い、もっと、もっとください……。抜かないで……！　ノエル、ごめんなさい……、わたし、わたしは……」

恥じらいを脱ぎ捨て、クレアは口を大きく開ける。懸命にノエルの怒張を頬張《ほおば》って、彼女は目を閉じた。

サディアスの指がそれまでより激しく抽挿を始め、息もできないほどの快感がこみ上げる。

「……ん、む……っ、……っ、ふ、あぁ、ぁ、あ……っ、ん！」

まぶたの裏側にいくつもの星がきらめき、望んだ快楽の果てに手が届く——そう思った瞬間、疼《うず》く淫路からサディアスの指が抜き取られた。

「あぁ……っ、いや、イヤです、どうして……？」

「おやおや、優しく心清い姫はどこへ行ってしまったのでしょうね。ですが、そのいやらしい表情、たまらなくそそりますよ。ノエルも興奮しきって苦しそうですし、どうぞこの淫らで愛しい体に自分で挿《い》れてごらんなさい」

右手を濡らすしずくを舐め取り、サディアスは寝台を下りるとノエルのそばまで歩いていく。

「じ、自分で……？」

「ええ、そうですよ。このままではやりにくいでしょう。ノエルの拘束をはずせば、少しは楽になるでしょうか？」

穏やかで慈悲さえ感じる口調だが、サディアスは瞳だけを冷たい光で満たし、ノエルを睨《ね》めつけた。

猿轡をはずした途端、ノエルはぜえぜえと大きく胸を上下させて息をする。

「おまえ……、姫になんてことをさせてるんだよ！　媚薬のせいで苦しんでるんだ、わかるだろう？　もっと優しく感じさせてやればいいじゃないか！」

手首の拘束をほどかれながら、ノエルはサディアスを激しく非難したが、当のサディアスは耳を貸すつもりもないようだ。

「貴様が姫を守れなかったせいだろうが。何を責任転嫁している？　姫の体に、あの男が触れたのだ。一歩間違えば、犯されていたかもしれないというのに、ずいぶんな言い草だな、駄犬」

「……っ……！」

息を呑むノエルが唇を噛み、クレアに向かって両腕を広げる。

「……ノエル、サディアス……」

「姫、だいじょうぶだよ。おいで、姫がラクになるまでオレを使って……」

逞しい存在を締めつけたくて疼く隘路に、ノエルの剛直が深く埋め込まれている。しかし、背後からクレアを抱きかかえるノエルは、その腰を突き上げることを禁じられていた。

「姫、腰を揺らしてはいけません。勝手に達したりすれば、ノエルにもっとひどい罰を与えることになりましょう」

　彼女の下腹部に顔を埋めるサディアスが、クレアを焦らしながら追い立てていく。その舌が花芽を舐《ねぶ》り、吸っては達しそうになるたび離れていくのだ。

「あぁ……っ……、も、もう、お願いです、サディアス……っ」

　泣き声にも似た嬌声《きょうせい》をもらし、クレアがせつなげに懇願しても、サディアスは左右にひらいた淫処を舐めるのをやめない。

「いいえ、姫。まだですよ。あなたはどれだけ危険なことをしでかしたか、体で学ばなくてはならないのですから」

　淫らに赤い舌をひらめかせ、サディアスはむき出しの花芽を舐めあげる。そのたび、クレアの腰が震えるように揺らぎ、彼女を抱きかかえるノエルも苦しげな声をあげた。

「ちょ……、そろそろ、動かせてくれないと、オレも限界だって……！」

「うるさい、駄犬が。姫のご慈悲がなければ、貴様のものも切り落としてやりたいところだ」

「それはそうだけど、だからって……っ、く、姫、そんなに締めないで、オレもう……っ」

　とめどなくあふれる蜜で根本をぐっしょりと濡らし、隘路に締めつけられながら動くことを禁じられたノエルは、額に汗を浮かべて快楽をこらえている。

「ごめんなさい……、わ、わたしが、モーリスさまを部屋にお通ししたせいで……、あぁっ、あ、ごめんなさい……！　どうか許して、サディアス、もう、もう……っ」

一度にふたりに罰を与えながら、サディアスは眼鏡の奥の瞳を細めた。

「なんですか、姫？　もう、どうだというのです？　あの男に盛られた媚薬のせいで体が熱くてたまらないのは存じておりますが、姫はその程度で乱れるはしたない王女なのですか？」

「そんな……、ぁ、う……っ……、ああ、あ、あっ、ノエル、ごめんなさ……っ」

サディアスがきつく花芽に吸いつくと、クレアはびくびくと体を震わせてつま先を丸める。

幾度目かわからない絶頂に、彼女の狭隘《きょうあい》な淫路がきゅうと収斂《しゅうれん》した。

「……っ、は……、姫……っ」

根本から引き絞られ、ノエルのほうも爆発寸前だというのに、自ら動くことを禁じられているのだからたまったものではない。

「勝手に達してしまわれたのですね。私が数日いなかっただけで、姫はこれほどはしたなく男をくわえ込むようになってしまわれた。なんということでしょう」

「違う、違うの……、お願い……」

達した余韻で、まだひくついている蜜口がいっそうノエルの存在を感じてしまう。

愛杭で穿《うが》たれる悦《よろこ》びを求め、全身を薄赤く染めるクレアは、子どものようにいやいやと首を横に振った。長い銀の髪が、いっそう美しく彼女の裸体を彩る。

「わたし……、わたしは、いくらでも我慢します……。だから、どうかノエルは……」

「おや、姫はそれほどまでにこの駄犬を愛しく思っていらっしゃるのですか？　自分はどれほど犯されてもいいと仰《おつしや》るほどに？」

嫉妬の響きを混ぜ、サディアスが冷たく問いかけた。

「ちが……、あ、ぁ、違います。けれど、違わないのです……」

犯されてもいいとは思えない。抱かれるならば、愛する人が相手でなければ嫌だ。

だが、同時に愛する人のためならば、どれほどの屈辱にも耐えられる。クレアは心からそう思った。

「えっ⁉」

彼女の返答に、驚きの表情でノエルが目を瞠《みは》る。

「さて……どういう意味でしょうか？　返答次第では、あなたをこのまま閉じ込めてしまうかもしれませんよ、姫？」

サディアスの声は、いまや北の大地の吹雪よりも冷たい。

クレアは浅い呼吸に喘ぎながら、涙をにじませた瞳でサディアスを見下ろす。そして、ゆっくりと顔を後ろに向け、今度はノエルを見つめた。

「わたしが愛しているのは……、あ、あなたたち、ふたりとも、なのです……。はしたないと、ふしだらだと言われても……、この気持ちに嘘《うそ》は、つけませ……」

――言ってしまった。ああ、これでふたりに軽蔑されるかもしれないというのに……！

「ですから、どれほどわたしを罰しても……はしたない行為を求められても、わたしは構わな

いのです……。あなたたちに犯されることが罰だというのなら、喜んでこの身を……」

　目を伏せたクレアの体を、ノエルがきつくきつく抱きしめる。

「姫、オレのこと、愛してくれてるの？　ねえ、間違いじゃないよね⁉」

「はい……、おふたりを愛しています……」

　彼女の下腹部に顔をつけていたサディアスも身を起こし、正面からクレアの体を抱いた。

「……姫ほど道徳的な方がその想いを口にしてくださるとは……嬉しゅうございます」

　ふたりに抱きしめられ、胸が愛情に満たされる。媚薬で熱を帯びた体とはもっと違う、優しく愛しいぬくもりが心を包み込んでいくようだ。

「いいのですか……？　わ、わたしは、王女として……いいえ、人間としてあるまじき愛を告白しているというのに……」

　彼女の大きな目から、涙があふれ出す。

　許されない愛だという自覚はあった。まして、一国の次王を産まねばならぬ立場の自分にふたりを愛していると、ふたりにそばにいてほしいと、口にするのは罪にも値するた。

「以前に申しあげましたね。我々は、姫の望みならばなんなりと叶えますよ」

「ですが……」

「心配はいりません。さあ、姫、せっかくの甘い愛の告白です。今一度、聞かせてください」

サディアスのいきり立った慾望が、ノエルをくわえ込んだままのクレアに押しあてられる。

ゆっくりと花芽を擦るその動きに、クレアは白いのどをそらした。

「ああ……っ、わ、わたしは、おふたりを……愛しています……」

「姫……！　もうムリ。罰とかムリ！　オレも姫のこと、愛してる！」

こらえきれないとばかりに、ノエルが腰を突き上げる。二度三度と慣らすように抽挿し、そのあとは本能のままに三人は体を揺らした。

「ぁ、あ、ああ……っ」

「生涯、あなたを離しません。姫、あなたをこうしてずっと……」

淫靡《いんび》な香りが空気に混ざる。

世界から隔離されたような閉めきった部屋の中、愛しあう三人の声が、心が、体が、そして想いのすべてが絡みあう。

「もう……っ……、ダメ、ダメです、イク……っ」

細い両腕でサディアスに抱きついて、クレアはがくがくと腰を震わせた。その最奥にノエルの精が迸《ほとばし》り、花芽にはサディアスの白濁が飛沫《しぶき》を散らす。

「何度でも、イッてください。あなたは我々の最愛の方なのですから……」

「大好きだよ、姫。オレたちが、ずっとずっと守るからね」

ずるりと彼女の中から、ノエルの愛杭が抜き取られた。倒れ込みそうになったクレアをサデイアスが抱きとめ、達したはずなのにまだ満足しない楔を彼女の蜜口に押し込む。

「ひ……っ……、あ、あぁ、また……こんな……っ」

全身を震わせているというのに、クレアの淫路はサディアスをくわえ込んだ途端、もっと奥まで誘《いざな》うように甘く蠕動《ぜんどう》する。

「あなたを愛する心はこの程度では尽きません。さあ、今度はどうぞ私を貪ってください、我が姫」

「姫、オレもまだ足りない。もっと、姫と感じたいよ」

終わりのない愛の行為に、クレアはただひたすら心を凝らした。

ただひたすらに、彼らを愛し愛される幸福に心を震わせていた――。

第五章

それは夏も終わりに近づいた午後、王宮の大会議室には王太子ザカリーの葬儀以来とも思えるほどの人々が集まっていた。

「――では、枢密院の判断を申しあげます」

夏の間ずっと体調を崩して臥《ふ》せっていた国王ニコラスを前に、枢密院議長エドワードは心持ち緊張した様子で口を開く。

クレア王女の縁談、その相手に相応《ふさわ》しいのは誰か。長い時間をかけて吟味した枢密院の結論である。国の行く末にかかわる重要な決議だったのだから、時間を要するのは当然といえ、急ぎ決める必要もあったという厄介な事案だ。

なにしろ、最終的に絞り込んだ候補ふたりはそれぞれまったく異なる性質の青年だった。

ひとりは、神学者であり枢密院議長エドワードの息子、サディアス。

もうひとりは、王立護衛軍元帥の息子であり、自身も護衛軍で活躍するノエル。

どちらもこの国を背負って立つにじゅうぶんな才を持っているが、互いに補いあわなければ完全にはなりえない。そのうえ、クレア王女の幼なじみであるふたりだ。

クレアはどちらを選ぶのか。あとは王女に判断を任せるとし、枢密院は議決とした。

「失礼、その前にこの場に集まる皆さまにお話したいことがございます」

議長を遮ったのは、彼の息子サディアスだった。

「陛下、無礼をどうぞお許しくださいませ。ですが、クレア姫のため、少しで結構です。我が口上に耳をお貸しいただければ幸いです」

深々と一礼するサディアスに、国王ニコラスが首肯する。一同は、サディアスが何を言い出すつもりか、息を呑んで言葉の続きを待っていた。

「まず、皆さまはすでにご存じかもしれませんが、今から四五〇年ほど前、オルミテレスを治めた女王がいらっしゃいました。その名をフレデリカ女王、彼女はクレア姫同様に兄王太子を亡くし、国を担うに至ったのです」

唐突な話題に誰もが困惑していたが、王は静かにサディアスの言葉に耳を傾けている。それにならい、集まった人々はじっと黙していた。

「さて、フレデリカ女王の存在についてはご存じの方が多いかと思います。では、フレデリカ女王の王配につきましてはいかがでしょう？　――どなたも、ご存じないでしょうか？　今回、クレア姫と似た境遇でいらっしゃることもあり、私のほうで調べた結果、フレデリカ女王には四人の夫がいらっしゃいました。最初の夫との結婚後、なかなか子を授からない女王のため、貴族たちの中から三人の夫が追加されたのです」

室内にざわめきの漣《さざなみ》が押し寄せる。無理もないことだろう。王が愛妾《あいしょう》を迎えるのとはわけが違う。

「それはほんとうの話なのか？　女王が複数の王配を持つなど……」

ひとりの貴族が疑念の目を向けると、サディアスは眼鏡をくいっと直し、静かに頷いて見せた。

「はい、真実にございます。すべては王宮図書室の歴史書から調べたこと。そして、その後フレデリカ女王は三人の王子と四人の王女をご出産なさいました。王配の誰の子なのかは不明ですが、全員が女王の子であることに間違いはありません」

そして、その中のひとりが王となり、その血統が今のニコラス王、ひいてはクレアに引き継がれている。

「大切なのは王家の血統です。無論、どこの馬の骨ともわからぬ王配を迎えるという意味ではありません。それでなくとも負担の大きい女王という立場にたつ王女を、少しでも支えるべく四人の王配たちは力を合わせて国を支えたと資料には書かれておりました。時代が違うと一笑に付せぬ事実ではないでしょうか？」

サディアスの言葉に、ニコラス王が口を開いた。

「では、そのほうは我が娘に幾人もの男の妻となれと言うか？」

しわがれた声ではあったが、その声には娘の未来を案じる父の想いが込められている。誰しも、自分の娘を何人もの男に抱かれる淫らな女王に仕立てあげたいなどとは思うまい。まして、おとなしく貞淑なクレアに複数の王配を迎えろなど、鬼畜の戯言《たわごと》と思われてもおかしくない。

「幾人ものとは申しません、陛下。姫が愛したふたりで良いのです！」

そのとき、立ち上がって大きな声でそう言ったのはノエルだった。

「クレアが愛した……ふたり、じゃと……？」

「はい、さようでございます。国の未来はもちろんのこと、姫のお心を守らずして何が枢密院、何が護衛軍！　です！」

サディアスに何度も練習をさせられたはずなのだが、ノエルはどうにも堅苦しい場での発言が得意ではなかった。

しかし、彼の物言いに数人の枢密院のお偉方が小さく笑いをもらす。相変わらず、誰からも愛される男である。

「クレアや、おまえの心を聞きたい。枢密院の決定にしたがって結婚をするつもりだと思っておったが、おまえには想う男が……ふたり、いるというのか？」

さすがの王も気まずさを隠しえぬ様子で、愛しき娘をじっと見つめた。

「……はい、お父さま。お集まりの皆さま、過日のモーリスの裁判におかれましては、ご配慮の数々、ありがとうございました。モーリスに襲われかけたわたしを助けてくれたのは、そこにいるサディアスとノエルでした。そして、彼らはこの国を担うに必要な人間です。皆さまも異論はないことでしょう。残念なことに、わたしはフレデリカ女王のように王位に座る器ではございません。ですので、わたしは――」

皆の注目を感じ、クレアは緊張しながらも精一杯の心を込めて、円卓に集う人々を見回す。ひとりひとりの心に届くよう、自分の心に正直な言葉を選ぶ。

「わたしは、サディアスとノエルのふたりを夫に迎え、次期王となる王太子の母になろうと考えております。できれば、お父さまがご健康でいらっしゃるうちに、孫の顔を見ていただきたいのです」

王女自らの宣言に、集まった人々は数秒の沈黙ののち――誰からともなく拍手が湧き上がった。

「静粛に！　皆、王前です。静粛に！」

エドワードがたしなめようとするも虚《むな》しく、王族、貴族の全員がクレアに向けて惜しみない拍手を送る。彼女の両隣には、サディアスとノエルが付き従うように立っていた。

「おい、坊主！」

歓喜の声があがるなか、ひときわ大きな声にノエルがびくりと肩をすくめる。護衛軍元帥ブライアンだ。

「なんだよ！　みんな祝福してくれてるんだから、こんなところでお説教はやめてくれよ！」

「説教されるようなことをやらかしたのか？」

「違うけど！　オレたちはただ、愛しあってるだけだから！」

引き離されてたまるかとばかりに、ノエルがクレアに抱きつこうとしたが、見事なタイミングでサディアスがそれを阻止する。

「ちょ、ちょっと、サディアス、何するんだよ！」

「なんの結論も出ていない場で、クレア姫に迷惑をかけるような行動はお慎みください、馬鹿犬」

最後の一言は、王前で使うにはあんまりな言葉であったが、サディアスはまったく冷静にノエルを押しとどめていた。

「説教なぞする気はない。ただな、クレア王女には、これからいくつもの重圧があるだろう。心優しき王女が悲しむことも、苦しむこともあるはずだ。国を背負うとはそういうことぞ。そのすべてから、おまえらは王女を守れると王に誓えるか！」

よく響く声だった。その声には集まったすべての人々の不安が、懸念が、そして希望が表れていた。

「もちろんだ！　オレとサディアスがいれば百人力だからな！　……じゃなくて、百人力でございます！」

「知の面はどうぞ、ご心配なきよう。私の生涯を賭けて、クレア姫をお守りいたします。もうひとりの至らない点を補うことも忘れません」

「えっ、ちょ……⁉」

ノエルが文句を言おうとしたとき、サディアスは罵詈《ばり》雑言《ぞうごん》ばかりかけてきた恋敵に向けて穏やかに微笑んだ。

「そして、私の至らぬ点はノエルが補ってくれることでしょう。ふたりで力を合わせ、姫を守り、国を支えてまいります」

その言葉に、老王が両手を打ち合わせる。

「クレアよ、おまえはもう小さな王女ではなくなったのだな。おまえを愛し、おまえに愛されるすばらしい男性がふたりもいる。これからは、その者たちがおまえを守ってくれるのだろう。ならば、儂《わし》が反対することは何もない。国民には、儂の口から事態を説明しよう。先ほどの……フレデリカ女王の件と合わせてな」

「お父さま……」

そして今度こそ、部屋の壁にひびが入るほどの拍手喝采が沸き起こった。廊下で警備にあたっていた護衛軍の兵士たちは、何事が起こったのかと一斉にサーベルに手をかけたほどだ。

「……まったく、どういうことだ。枢密院の出した結論とて、サディアスとノエルが最有力候補ということだったのに。せめて、最後まで聞いてから話をしてくれてもよかったのではないのか⁉」

眼鏡をくいっと押し上げるエドワードの背中を、大きな手が力強く叩《たた》いた。

「なあに、気にするな。若い奴《やつ》らが必死に考えた結論だろう。誰かに押しつけられた答えではなく、自分たちの手で探りあてた答えだ。それこそが、未来を切り拓《ひら》く力というものよ！」

「…………貴様は相変わらずだな、ブライアン」

「それはおまえも同じこと、あまり神経質だと胃痛が悪化するぞ、エドワード。それに、おまえにはまだまだ仕事が待っているのだからな。むしろこれから先のほうがよほど忙しかろう。三人での結婚式を教会が認めるかどうか、おまえの手腕の見せ所だ」

歓声のあがるなか、エドワードは額に手をあてて、ため息をつく。

しかし、彼の口元は緩んでいた。立派に育った息子を喜ばぬ親などいるわけがないのだ。

§　§　§

ザカリーの死から一年弱。

オルミテレス王国に、次の春が訪れたとある日、王女クレアの盛大なる結婚式が行われる。

婚約発表がされた直後は国内外でも話題となり、口さがない人々の悪意に満ちた言葉も聞こえてきたものだが、上意下達の徹底によりいつしか祝福の声が国中に広がった。

今日、クレアの左手の薬指にはふたつのリングがはめられている。ひとつはかつて、ノエルが渡そうとして拒まれた指輪。もうひとつはサディアスが父から託された、母が結婚の際に両親から贈られた指輪だ。

「でも、ほんとうにそんな古い指輪でよかったの、姫？」

純白の衣装に身を包んだノエルは、何度目かわからない同じ質問を繰り返す。彼が着ている婚礼衣装こそ、以前勝手に作って父親に殴られた軍服の白パターンである。いつもながら軍帽はかぶっていないが、耳の後ろの編み込みは健在だ。

「はい、これがいいんです。異例の結婚だというのに、おふたりのご実家も祝福してくださった、それが嬉しいのですから」

幸せそうに微笑むクレアの頭を、サディアスの白手袋をはめた手がぽんと撫《な》でる。

「欲のない花嫁ですね。しかし、あなたのそういうところも愛らしいです」

見慣れた神学者としての衣服ではなく、今日のサディアスは純白のフロックコートを身にまとっていた。中着はクレアの髪の色と同じ銀の刺繍《ししゅう》が施されている。長い黒髪をいつもと同じく結い、彼は愛情のにじむ瞳で花嫁を見つめた。

「あっ、ずるい、抜け駆け！　姫、オレだって姫の全部が愛しいよ。愛してるよ。結婚して！」

「先ほど行った結婚式すらもう忘れたのか、愚鈍」

「忘れてないけど、何度でも言いたいんだよ。姫、オレと結婚しよう！」

相変わらずのふたりを前に、クレアはくすくすと笑い声をもらす。

長い銀髪を編み込み、美しいヴェールをつけた彼女は世界一幸福な花嫁に見えるだろう。

去年はまだ幼さの残るあどけない王女だったが、この一年でずいぶんと大人の女性に成長した。優美で上品な、美しい王女。

「これからもずっと、三人で仲良くしてくださいね、おふたりとも」

「姫のお望みとあらば、永遠に……」

サディアスが彼女の左手をとり、レースの手袋の指先に唇を押しあてる。

「ずっとずっとそばにいる。約束だよ」

ノエルは彼女の右手をつかみ、手の甲に軽くキスを落とした。

「だって今日は、なんていったって三人でお揃《そろ》いだもんな！　サディアスもいい加減、オレに頼ってくれていいんだぜ！」

明るい笑顔でノエルがサディアスの背を叩《たた》くと、叩かれたサディアスは迷惑そうに眼鏡の奥の目で睨《にら》みつける。

「貴様、だんだんエザンツ公爵に似てくるな……」

「えー、おまえなんか昔からバルバーニー公爵にそっくりだぞ。眼鏡くいってするところとか！」

ふたりの夫を迎える王女は、愛しい彼らを見つめて静かに微笑んでいた。

三人で結婚する、と決めたときは不安もあったが喜びのほうが大きかった。

しかし、どちらかを選べと言われるよりも、どちらとも離れてほかの男性と結婚しろと言われるよりも、彼らの手を離さずにいることをクレアは選んだのだ。

ちなみに今日の髪型は、専門家とカーラに相談してクレアが考えたものである。どうしても編み込みを使いたかった。その理由は——。

「それにしてもさ、おまえって毎朝自分でこの三つ編みしてるの？　うしろって大変だろ。明日からオレが手伝ってあげる？」

うなじあたりでひとつに結ったサディアスの髪を、ノエルが背後にまわって興味深そうに触ろうとする。

「貴様のような不器用とは違うからな。この程度、造作もないことだ」

フンと鼻を鳴らし、サディアスがその手をひらりと避けた。

そう、いつもマントの襟に隠れてあまり見えていなかったが、サディアスの髪はただ結んでいるだけではなかったのだ。ゆるく二段ほど編んだ三つ編みを知っているのは、同じ夜を過ごすクレアとノエルだけだろう。

三人でお揃いとノエルが言ったのは、純白の婚礼衣装だけではなく、その三つ編みを指している。

「お二方、いつまでおふざけになっていらっしゃるのですか！」

そこにカーラの迫力ある声が響き、サディアスにじゃれついていたノエルがびくっと跳び上がった。

「もうバルコニーの下には国民が集まっているのですよ。あまり大きな声を出していては、皆に聞こえてもおかしくありません」

そう言うカーラの声がいちばん大きいなど、思っていても誰も言わない。いつでも彼女は正しい侍女なのだ。

「カーラ、心配をかけてごめんなさい。ですが、こうして無事結婚することができたのも、あなたの協力あってのことです。ほんとうにありがとう。そして、これからもどうぞよろしくお願いしますね」

「クレアさま、もったいなきお言葉でございます」

恭しく頭を下げ、カーラが両手を胸に組む。

なんといっても、このカーラを心酔させるほどの魅力があるクレアだ。人たらしのノエルさえもかなわなければ、弁の立つサディアスでも論破できない、そんな心の強い王女は今でも自分を平凡でなんの魅力もない女性だと思い込んでいるのだから末恐ろしい。

「それでは、そろそろまいりましょうか、姫」

そう言って、サディアスが白手袋の手を差し出す。

「みんなに見せつけてやろうね！」

同じく、ノエルが反対の手を差し出して。

「……はい！」

クレアはふたりの手をとり、王宮のバルコニーへ足を踏み出した。

王女の結婚式に集まった国民たちは、三者三様の美しさに目を奪われ、うっとりする者、歓声をあげる者、涙を流して祈る者、果てはその場で絵に描き起こそうとする者までいる。

「……す、すごい声ですね」

微笑《ほほえ》みを絶やすことなく、けれど歓声に圧倒されてクレアが困惑の声をもらした。

「それは当然でしょう。なんといっても、この国のただひとりの王女の婚礼なのですから」

「でも、誰がどんなにほしがっても、姫はオレたちのだからあげないよ？」

天まで届きそうな歓声の中、サディアスとノエルが示し合わせたようにクレアの頬《ほお》に左右からキスをする。

「ふ、ふたりとも……、何を……っ⁉」

この上ないと思っていた歓声はさらに高まり、もう何を言われているのかまったく聞き取れない。

「言ったじゃん、見せつけてやろうって」

明るく笑う、金の髪のノエル。

「姫が愛されていることを、国民に伝えたまでですよ」

涼しげな笑みは、黒の髪のサディアス。

「……こんなときばかり結託するなんてずるいと思います……！」

真っ赤な顔で拗《す》ねたように唇を尖《とが》らせる、銀の髪のクレア。

その日、王女の婚礼祝いに駆けつけた国民たちは後世まで彼らの美しさと幸福そうな表情を語り継いだという。

§　§　§

王宮の地下には王族のためだけの大浴場がある。もとは、きれい好きだった王妃のために三代前の王が作らせたものだというが、普段は使う人間も少ないため、お湯を張ることもあまりない。

「ねえ、姫、さっきからどうしてそんなに隅っこに行くの？　サディアスは怒ってないから、怯《おび》えなくて平気だよ？」

普段は細身に見えても、護衛軍で剣をふるうノエルの体は逞しい。その筋肉質の胸元を直視してしまい、クレアはパッと顔を背けた。

「い、いいえ、わたしはあまり広い浴槽に慣れていないもので、こうして隅にいるほうが安心できるのです」

両腕で胸元を隠し、膝をぴったりと閉じて、彼女は肩まで湯に浸《つ》かっている。

——見られるのは初めてではないけれど、ふたりの体を見るのは初めてだし……、それに、いつもはこんなに明るい場所ではなかったもの。恥ずかしいのは当たり前だわ。

「ノエルがあまりにじろじろ見るせいで、お恥ずかしいのではありませんか？　私は眼鏡をはずしていると姫のお姿がはっきり見えません。どうぞ、近くにいらしてください、姫」

「サディアス……あの、でも……」

いつもは眼鏡をかけている彼だが、入浴中は当然裸眼だ。だが、見えないというのなら多少近づいても平気だろうか。

「それに、今夜は侍女もそばにはいません。姫のお体を洗うのは我々の仕事です。おわかりでしょう？」

普段、入浴の際にはカーラをはじめとした侍女たちに身を任せている。それが、突然男性ふたりに体を洗ってもらうことになるだなんて、クレアでなくとも戸惑うのは当然だ。

「そうそう、オレもちゃんと手伝うからね、姫！」

「きゃっ……」

気づけば、サディアスとノエルはクレアの行き場を塞いでいた。

左側にサディアスが、右側にノエルが陣取り、彼らはクレアの腕をそれぞれつかんでいる。

「あ、あの、だいじょうぶです、自分で洗えますから……っ」

顔を真っ赤にした彼女を見つめて、ふたりが頷きあうのがわかったが、こういうとき、たいていの場合、クレアにとってたいそう恥ずかしい事態になるから困りものだ。

「もしかして、また今日も何か、ふたりで約束をしているのでは……？」

思わず口に出して尋ねると、ノエルがいたずらっこの瞳でこちらを見つめてくる。

「あれ、バレちゃった？　せっかくの初夜だから、趣向を凝らして姫に喜んでもらおうと思ってたのになあ」

「そ、そんな……お気遣いは不要ですので、いつもどおりでじゅうぶんです！」

ますます赤くなる頬が、彼女の恥じらう表情で欲情する男たちにとって、どれだけ愛《いと》しいものかなど、クレアは知らない。

「姫、どうぞそんな寂しいことを仰《おっしゃ》らないでください。私たちなりに考えてのことなのです」

「立案は全部サディアスだけどね？」

逃げ腰のクレアをふたりがかりで引き寄せて、両腕をつかんだままで浴槽のふちに座らせると、サディアスが長い髪をかき上げた。

「覚えていますか？　姫は小さいころ、ブランコで遊ぶのがお好きでした」

「ええ、もちろん覚えています。いつもふたりが交替でブランコを押してくれて……」

幼いサディアスとノエルが、クレアの乗るブランコを押すのをあまりにも楽しそうに取り合うので、彼女はブランコとは乗っている人間を揺らして遊ぶものだと勘違いしていたほどだ。

「十回交替でしたね、たしか」

「はい、そのとおりです。ですので、今夜は当時の気持ちに戻って十回交替にしようかと思うのです」

穏やかな笑顔のまま、サディアスが何か危険な発言をしている。

「じゅ、十回だなんて、そんなには無理です！」

しかも交替というからには、順番待ちをしていたもう一方が、そこからさらに十回、クレアを抱くというのか。

男性が一晩で何回そういった行為をできるのかは知らないが、クレアにすれば自分の体が二十回も彼らを受け入れられるとは思えない。

「あはは、姫、すっごい妄想だね。でも今のはサディアスの言い方が悪いよなあ」

ノエルがつんと彼女の頬をつつく。

その言い方からすると、十回交替の意味をクレアは間違って理解しているらしい。

「では、どういう意味なのですか……？」

「んー、十回突いたら交替、だよ」

邪気のない笑顔で言われたところで、その意味はあまりに恥ずかしくて。

クレアは両腕を彼らにつかまれているせいで、胸元を隠すこともできない。

今の言葉だけで期待に腰の奥が熱くなる自分を知られないよう、彼女はきつく両足を閉じ合わせた。

「……わたしにはわかりません。ですので、おふたりのお好きなようにしていただければ……。あ、あの、あまり激しくされるのは不安です！　できれば優しくして……ください……」

すでに、胸の先はつんと尖《とが》りはじめている。ふたりの視線を感じて心臓が早鐘を打ち、触られてもいないのに足の間が甘い蜜で濡れていく。

「優しくするだけでいいのですか？　姫の体は、激しく突き上げられるのもお好きでしょう？」

ぽちりと尖る乳首を指でつまみ、サディアスが耳に唇を寄せた。

「ぁ……っ……」

ただそれだけで、息が上がる。

そんな彼女を見て、ノエルも足の間に指先をそっと忍ばせる。

「オレはちゃんと優しくしたいんだけど、姫があんまりかわいいせいで、いつもつい、激しくしちゃうんだよね。今夜こそ優しくするから、あんまり、ここ、締めないでくれる？」

彼の手を受け入れるため、少しだけ開いた内腿《うちもも》をなぞり、ノエルの指が淫畝をすうっとなぞった。

「ひっ……あ、ま、待って、ここで……ですか……？」

三人が浴場へ来た時刻も、侍女たちは当然知っている。新婚初夜の彼らが長湯すれば、ここで何をしていたかなど明々白々だろう。

「せめて、寝室へ戻ってから……、あ、ぁっ……」

腰を引いて逃げようとするクレアの胸に、サディアスが音を立てて吸いついた。

「寝室まで待てません。あなたがほしい」

その直後、媚蜜にあふれた淫処にノエルの指が突き立つ。

「ね、姫、オレたちを受け入れてくれるよね？」

せつなく収斂する粘膜が、ノエルの指を受け入れてとろりと蜜をあふれさせる。

「や……っ……」

「イヤじゃないでしょ？　もっとっておねだりしてほしいな」

ふたりがかりの愛撫《あいぶ》は、快楽を覚えた体に甘く沁《し》みる毒のよう。

サディアスが彼女の顎を指で上げさせると、舌と舌を絡ませて濃厚なキスを堪能する。するとノエルは、クレアの足を大きく開かせ、負けじと蜜口に舌を挿しこんだ。

「んん……っ……、ん、ふ……っ」

体の上と下から蜜音が響く。どちらも執拗にクレアを欲し、舌先で彼女の感じやすいところを探っていく。

「愛していますよ、私たちの花嫁……」

キスの合間に、サディアスが甘く囁いた。その一言に、クレアは泣きたいくらい幸せになる。

「わたしも、おふたりを……ん、んん……っ」
言いかけた唇を、今度は貪るようにノエルが吸う。
「もう離さない。ずっとずっと一緒だよ、大好き、姫」
「あ……っ、は、はい……、わたし、も……、ぁ、あぁ、ん！」
胸を、淫処を指で弄《いじ》られながら、一方とのキスが終わるともう一方に唇を塞がれ、クレアは
ふたりの情熱に翻弄されていく。
ノエルの指で蜜口を穿たれた彼女の左足を、サディアスがそっと持ち上げた。膝を曲げ、い
たいけな部分を彼らの目にさらす格好だというのに、今はその羞恥心すら快楽へと変わってい
く。
「大好きです……、サディアス、ノエル、おふたりのことを、わたしも心から……、あ……っ、
ぁ、あ……」
さわさわと膝を撫《な》でるサディアスの手がくすぐったくて、クレアは大きくのけぞった。その
瞬間、ノエルの指が挿れられている隘路《あいろ》に、サディアスの指も押し入ってくる。
「や……っ、あ、ダメ、ダメです……っ！　そ、そんな、ふたりで一度に……」
視線を落とすと、しとどに濡れた蜜口がふたりの指を受け入れているのが目に入った。あま
りにはしたなく、そしておいしそうに彼らの指をくわえ込む、クレアの体。
「おいやですか？　姫のここは、嬉《うれ》しそうに蜜を垂らしておいでだというのに」

「ちが……っ……、あぁ、う……っ……」

違わない、けれどせつなさが全身を震わせる。

感じすぎて狭まった淫路を、異なる温度のふたりの指が押し広げ、それぞれ別の動きで彼女を煽《あお》るから、クレアは自分を制御できなくなってしまう。

「こんな……、こんなの、恥ずかし……っ……」

「恥ずかしいところ、見せて。姫の感じてる顔、すごくかわいい。だから、全部オレたちに見せてほしいよ」

「ん……っ……」

ノエルは指を曲げて、濡襞をさすりながらクレアの感じるところを探して蠢《うごめ》く。一方サディアスの指は、たっぷりと蜜で潤う内部を淫靡な抽挿でほぐしていく。異なる動き、異なる速度、男を知って日も浅いというのに、クレアの体はふたりの指で穿たれて、ひどく敏感になっていた。

「や……、わ、わたし、もう……」

ふたりの指を締めつけて、内部が何度もきゅうっと狭まる。そのたび、腰の奥から甘い蜜がしたたっていく。

――このままじゃ、すぐに……。

片足がまだお湯に浸かっているせいか、それとも浴場の空気が熱いせいか、頭の中がぼうっとしてくる。それなのに、彼らに弄られる部分だけが感覚を鮮明にしていくから、腰が勝手に揺らぐのを止められない。

「おや、もう達してしまいそうなのですか？　せっかくの初夜に、これだけで果ててしまうのもかわいそうですね」

ちゅぽん、と音を立ててサディアスの指が抜き取られる。

「あ……っ……！」

それを追いかけるようにして、ノエルも最後に親指で花芽を擦ってから指を抜き取ってしまった。

「すごいよ、姫。指を抜いても、まだこんなにひくついてる。ほんとうは、抜いてほしくなかったの？」

「い、言わないで……っ……」

両腕で胸元を隠すと、クレアは弱々しく頭《かぶり》を振った。お湯とは違うとろりとした蜜が、足の間をしとどに濡らしている。

「でも、オレももう限界。こんなかわいい花嫁さんを前に、我慢できないよ……」

ノエルが、それまでクレアの中に突き入れていた指で自身の劣情を握る。すでに反り返り、先端を透明なしずくで濡らすそれは、これまでにないほど猛《たけ》っていた。

「こらえ性のない犬だ。ノエル、わかってるな？　十回だ。十回で交替だぞ」

快楽に酔いしれ、自分の体を支えられなくなったクレアをサディアスが抱きかかえるようにして浴槽の中に引き入れた。

「ぁ……、サディアス、待っ……」

「そんな目で私を見つめても駄目ですよ。ノエルだけではなく、もちろん私も姫がほしくて仕方がないのですからね」

クレアを背中側から抱きしめて、自身の腰の上に座らせると、サディアスは両手で彼女の膝裏をつかんだ。

「……っ、な……、あぁっ……！」

ざぶ、と湯が波打つ。彼女は背をサディアスに預けた格好で、あられもないほど足を左右に開かれていた。

「ちゃんと開いておかないと、奥まで挿《い》れられませんからね。さあ、姫。今から何をするかおわかりでしょう？」

サディアスが耳たぶを食《は》みながら、低く甘くかすれた声で囁《ささや》く。臀部《でんぶ》に当たるのは、彼の昂ぶる劣情で。

「……わ、わかっています。わたしはふたりの花嫁なのですから……。ですが、あの、こんな格好は……んん……っ」

強引にサディアスが彼女の唇を塞ぐ。それを見て、クレアの正面にいるノエルが覆《おお》いかぶさってきた。

「姫、かわいい……。足を広げられて恥ずかしくなっちゃったの？　すぐ気持ちよくしてあげるからね。――愛してるよ、オレを……受け入れてっ……！」

大きく割られた足の間に、ノエルが情慾の楔《くさび》を押しつける。しかし、根本を手で押さえているというのに、昂《たか》ぶり反り返った切っ先はクレアの中心にあてがわれるとすぐに上方へつるりとすべってしまう。

「や……っ……、ぁ、焦らさないでくださ……、あ、ぁっ」

もどかしさに声をあげ、クレアは涙目でノエルを見上げた。

「おやおや、挿入すらままならないのか？　まったく、この犬は姫をお慰めすることもできないとは情けない」

勝手なことを言うのはサディアスだ。だが、ノエルが突き入れようとした瞬間にサディアスがクレアの体をずらしていたことに、ほかのふたりは気づいていない。

「ごめん……っ！　なんか興奮しすぎてるよね、オレ。姫がかわいくて、しかもこんな格好でおねだりされたら、挿れるだけで出ちゃいそう」

うまく挿入できなかったことを照れているのか、ノエルは頬を赤らめてかすかに笑いかけてくる。

「……好き、です。ノエル、早くわたしを……」

「うん、今度はちゃんと……」

ノエルは一瞬だけ、クレアの背後でふたりを見つめるサディアスに視線を向けた。邪魔するなよとでも言いたげな瞳は、先ほど彼がしたことに気づいていたのか。

「あぁ……！　ぁ、や、大き……っ」

先端をぐっと押し込み、ノエルは息を吸って一息に腰を打ちつける。

「これで、ちゃんと入ったよ。ああ、姫のなかすごい……。絡みついてくる……、く……っ」

ぶるっと体を震わせて、ノエルが彼女の腰をつかんだ。すぐさま、激しい抽挿が始まる。

「ひ……、ぅ、ああ、ぁ、ノエル……っ」

蜜口から最奥までを一突きで押し開き、引き抜くと同時に狭まった内部をまた抉《えぐ》りつける。逞《たくま》しいノエルの愛杭が、クレアの心まで突き刺さった。

「は……、姫、姫……っ」

「ストップ、これで十回です。さあ、交替ですよ、姫」

「え……、ちょ、十回って少なすぎない⁉」

まだ名残惜しそうにしているノエルを、サディアスがきつくひと睨みする。

「貴様は子どものころもそう言って、約束の回数より多く姫のブランコを押したな。相変わらず数もかぞえられないのか？」

「…………わかった、わかりました。どうせサディアスだって十回なんてすぐだもんな。ちょっとだけ待つよ」

しゅんと肩を落として、ノエルが刀身をクレアから引き抜く。蜜口の窄《すぼ》まりに膨らんだ切っ先がひっかかり、抜き取られる瞬間、クレアはびくんと体を震わせた。

「ぁ……、いや……、お湯が……」

空洞に熱い湯が入る感覚に、彼女は身を捩《よじ》ってサディアスにしなだれかかる。

「だいじょうぶですよ。すぐに塞いでさしあげます」

今度は背後から抱きしめたまま、サディアスの劣情が彼女の中心に埋め込まれた。

「ああ、こんなにうねって、私を迎え入れてくださるのですね、姫」

「んん……っ……、サディアス、お願い……、もう我慢できな……ぁ、あっ」

その様子を見ていたノエルが、唇を尖らせクレアの頬に顔をすり寄せる。

「姫、サディアスばっかり感じたら嫌だ。オレとキスしよう？　ほら、口開けて。舌を出して……」

「は……、んん……っ」

ノエルは左手で自身の劣情を握り、右手でクレアの花芽を弾《ひ》いた。奥深くまでサディアスの剛直を埋め込まれた体が、みだりがましく胸を揺らす。

「いい子ですね。私をくわえて、こんなに嬉しそうになかを震わせてくださる姫が愛しいですよ。さあ、では……」

唇をノエルに奪われながら、クレアはサディアスが昂ぶる雄槍《やり》をゆっくりと動かすのを感じた。

内部を激しく擦り立てるノエルと違い、サディアスは奥に切っ先を押しつけたまま、ぐるりと腰をまわす。

「んっ……ひ、ぅ……！」

「いーち」

入り込んだ湯まで撹拌《かくはん》するような動きに、目の前がちかちかしてくる。

「にーい」

じゅぷ、と音を立てて蜜と湯が掻《か》きだされると、クレアはこらえきれずノエルの舌に吸いついた。

「さーん」

ブランコを押すときと同じ、子どものころに聞いた声が脳裏に蘇《よみがえ》る。

「やあ……っ、もっと、もっと……、こんなのおかしくな……っ……」

「なぜですか？　私はあなたをゆっくり大切に抱きたいのですよ。愛する人を慈しむのは悪いことではないでしょう？」

優しげな声音には、かすかな嗜虐心《しぎゃくしん》がにじんでいて、クレアは自分から腰を揺らしたいのを懸命にこらえた。

「こういうときは、それって慈しむというより焦らしてるって言うんじゃないか？」

ノエルが少し悔しそうにサディアスを見やると、親指と人差し指でクレアの花芽をつまみ上げる。

「んん……っ！　あ、ふ、ふたりとも、いじわるしないでくださ……あぁっ」

「では、言ってください、姫。私がほしいと、私に激しく突き上げられたいと、そう仰《おつしや》ってくだされば、あなたの望みに従います」

耳朶《じだ》を舐《な》めるような甘い声、のぼせているのは湯の熱さになのか。それとも、彼らの与える快楽に？

クレアは震える唇を舌で舐め、快楽に濡れた瞳でサディアスを見つめる。

「サ、サディアスが、ほしいです……。もっと激しく、わたしを突き上げて、あなたの愛でめちゃくちゃにしてください……っ」

普段ならば口にできないような想いをさらけだしたクレアに、冷静なサディアスもたまらず息を呑んだ。

「そんなかわいらしいことを仰って……、あなたは自分がどれほど魅力的な女性か、わかっていらっしゃらないのですか？　何をされても知りませんよ？」

「何をされてもかまいません。あなたたちふたりになら、何をされてもいいのです。ですから、どうかわたしを……あぁ……っ！」

ずん、と激しく一突きされ、クレアは泣き声に似た嬌声《きょうせい》をあげる。

「さすがのサディアスも姫のおねだりには抗《あらが》えないね」

ふふっと笑うノエルを睨み、サディアスは息を荒らげて彼女を突き上げた。もう数をかぞえる余裕はなさそうだ。

「ご、ろく、なな、はち、きゅう、じゅう！　はい、終わりー、交替！」

代わって数えていたノエルが、クレアの上半身を抱きしめて自分のほうに引き寄せる。

「ゃ……、まだ、あぁ……っ」

「ダメだよ、姫。次はオレの番。早く挿れさせて、姫の感じてる顔見てたらおかしくなりそう」

強引に抜き取られたサディアスの余韻も消えぬところに、ノエルがぐいと楔を打ち込む。

「ひ……っ、あ、ぁ、熱い……っ」

「もうイキたいんでしょ？　オレが姫をイカせるから。ね、オレでイッて。いっぱい、姫のこと感じさせるから……っ」

しかし、十回はあまりに少ない。

それから何度もふたりに交互で突き上げられながら、クレアは快楽の果てを遠く見上げて喘ぐばかり。達することを許されず、かといって快楽から解放されることもなく、狂いそうなほどのもどかしさに、何も考えられなくなってくる。

「次は私の番ですよ。姫、今度こそ達してください。あなたのなかにすべてを注ぎたいのです」

「も……、こんな……はぁ、ぁ、無理です……。イヤ、もっと、いっぱいして……」

「えー、ダメだよ。十回ずつって約束したんだ、なあサディアス？」

とろとろに蕩《とろ》けた粘膜を、ゆっくりとサディアスの愛慾が押し広げた。

「オレは姫をもっといっぱい突いてあげたいんだけど、子どものころみたいに三人で仲良くしたいって姫の気持ちを汲《く》んでサディアスが考えた案なんだから、姫もそれに応えないとね！　焦らしてるわけじゃないから、姫を愛してるだけだよ？」

ノエルはにっこり微笑むと、クレアの瞳を覗《のぞ》きこむ。

それこそが、サディアスの考えた甘い罠《わな》だというのに、ノエルは気づいていないのか。あるいは気づいていて、無邪気にクレアを焦らしているのか。

「そ、そんな……もう、わたし、ほんとうにおかしくなりそうで……」

「おかしくなるとは、どうなってしまわれるのですか？　姫の痴態を、どうぞ私たちに見せてください。――――さあ、姫……っ」

「あぁ……っ！　や、お願い……っ、イカせて、イカせてくださ……っ、あ、ぁ！」

何度目になるだろう。こうして十回という限られた回数で、交互にサディアスとノエルを受け入れる。もどかしくて、最奥が疼《うず》いているというのに、彼らはそれを知りながら順番を守り続ける。

「あーあ、姫かわいそう。ねえ、サディアス、そろそろ姫のお願いを聞いてあげたら？」

クレアのまぶたにキスを落とし、頬に張りついた髪をよけてやりながら、ノエルが黒髪の相方に目をやった。

「そうですね、では姫、あなたをご満足させるには、何回突き上げればよろしいでしょうか？」

「な、何回、って……」

信じられない問いかけに、思考力の低下した状況でもクレアは羞恥で唇を噛《か》む。

「ほら、ちゃんと言ったらきっとサディアスもイカせてくれるよ。素直になって、言ってみて」

今ばかりは、明るく優しいノエルの声も淫猥《いんわい》な悪魔の囁きに聞こえてくる。ふたりがかりで狂わされ、もう逃げられない花嫁は、ごくりと息を呑んだ。

――はしたない、みだりがましい、こんなこと、淑女が言うことではないというのに、それでもわたしは彼らがほしくて仕方がない。

もどかしさに喘《あえ》ぎ、腰を揺らすほど、彼女はサディアスとノエルに慣らされてしまっていた。

「……ぱ、い……」

「なんですか？　よく聞こえなかったのですが」

「いっぱい、してください……っ。十回じゃたりません。もっといっぱい、激しく突いてください……っ」

言い終わった直後、サディアスが最奥を激しく突き上げる。

「……っ、あ、あ、あっ」

「すべてはあなたのお望みのままに、姫……っ」

きゅうと引き絞られた隘路が、やっと念願の連続性を与えられて悦《よろこ》びに打ち震えた。絡みつくほどに男の劣情は逞しく脈打ち、貫かれた深奥が痛いほどに感じている。

「ああ、姫のイク顔ってほんとうにかわいいよ。ね、いっぱい見せてね。大好きだよ、姫」

「や、も、イク、イキたい……っ！　気持ち、い……っ、ああ、ぁ、あ――……！」

達した瞬間、彼女の中に熱い白濁が注がれた。それを搾り取ろうとするように、隘路が収斂を繰り返す。

「ふ……っ……、ノエル、すぐに……」

サディアスが苦しげな息を漏らして、まだおさまらない怒張を引き抜いた。

「当たり前だろ。おまえだけにいい思いなんてさせない。姫、もう一回イこうね？」

それはまるで、ただ抽挿をしているときのように速やかに、サディアスが抜き取られた瞬間に、ノエルが入り込んでくる。

「あ、ま、待って、ダメです、まだイッて……、あぁ……っ！」

「だいじょうぶ、オレね、姫がイッたばかりのところに挿れるの大好き。だって姫のなか、すごくきゅうきゅう締まってかわいいから。だから、……一緒にイこう?」

「やぁ……っ、ぁ、あ、ノエル……っ」

背後から突かれるのと、正面から抉られるのでは、それぞれ角度が違う。その相違が、敏感になりすぎた彼女の体をいっそう感じさせるのだ。

「姫、わかりますか? 今、あなたのなかには私が放った精がたっぷりと残っています。それをノエルにかき回されているのですよ……?」

自らの蜜に濡れ、サディアスの精にあふれた淫路を、今はノエルが激しく穿《うが》つ。

「ああ、姫、姫……、すごいよ。こんなに締めつけられたら、すぐにもっていかれる……っ」

それまで焦らされていたのは、クレアだけではない。当然彼らも、同じことだ。焦らされつくしたノエルの雄槍は、膨らんだ切っ先でクレアの最奥を斜めに押し上げる。

「ダメぇ……っ! また、またイッちゃいます……っ……!」

「いいよ、イッてよ。オレを感じて、オレをくわえながらいっぱいイッて……! オレも、もう……っ」

びゅく、と最初の飛沫《しぶき》があがり、吐精をしながらさらにノエルは腰を打ちつけた。

「や……っ、あ、ダメ、動かさな……、ああ、ぁ、あ——……っ」

二度目の果てに、クレアはぎゅっと目を閉じる。

背後から彼女の足をつかみ、肩口に唇をつけるサディアスの体温と、正面から彼女の体を抱きしめて淫らに息を乱すノエルの体温が、心の奥まで沁みこんでくるような気がした。

「愛していますよ、姫……」

「姫、ずっと大好きだからね」

それは快楽の果てであり、幸福の果てでもある。

愛し愛されるふたりの男性に抱きしめられながら、クレアは甘く蕩ける白い闇に意識を奪われた。さんざん焦らされた挙げ句、連続してイカされたのだから仕方がない。

――わたしも、好き、大好きです。サディアス、ノエル、あなたたちがいてくれるから、わたしは………。

声にならない想いを抱いたまま、クレアは満ち足りた想いで最後の意識を手放した。

エピローグ

「どうしてずっと三人でいっしょにいられないなんていじわるを言うの？」

小さなクレアは、侍女から聞いた結婚という制度に不満を持っていた。それはまだ、彼女が六歳になったばかりのころだ。

「意地悪ではありません。結婚は一対一でするものなのですよ。クレアさまはこの国の王女なのですから、いずれはしかるべきお相手と結婚するのです。そのとき、三人ではいけないのでございます」

涙目の王女をなだめようと、侍女は優しい声で説明するが、聞けば聞くほどクレアの小さな胸は不安でいっぱいになる。

「サディアスとノエルと、三人でけっこんするのはダメなの？」

「ですから、結婚はふたりでするものなのです」

「だったら、けっこんなんてしない……」

「あらあら、それはできませんよ。王女として生まれたからには……」

泣きべそをかきはじめたクレアに困り果て、侍女がしゃがみこんだとき、コンコンとかわいらしいノックの音が響いた。

「あっ、姫が泣いてる！　侍女のひと、いじめたの？　王さまに言いつける？」

返事も待たずに扉を開けたノエルは、クレアに駆け寄って無邪気な瞳で語りかける。

「ノエル、姫の部屋に返事も待たず入るなと何度言えばわかるんだ。これだから犬は……」

そのあとを追って、サディアスも室内に足を踏み入れた。

「ち、違うのです。わたくしは何も、クレアさまをいじめているわけではないのですよ！　ただ、結婚は三人ではできないことをご説明したまでで……」

慌てた侍女がふたりの少年に説明する間、クレアはずっとうつむいて下唇を突き出していた。泣きそうになると、そうやってこらえるのが彼女の癖だ。

「なんだ、そんなこと？　だったらザカリー殿下が王さまになったら、ホウリツを変えてくださいって今のうちに頼んでおけばいいんじゃない？」

説明を聞き終えたノエルは、いたって短絡的で希望的観測の強い意見を口にする。

「おにいさまにたのむと、三人でいられるの？」

パッと顔を上げたクレアが、まだ涙の浮かんだ目でノエルを見つめた。

「うーん、わかんないけど、もしかしたら？」

「……ダメだったら、サディアスとノエルとはなればなれになる……」

浮上しかけた気持ちがまた沈み込んだらしく、クレアの瞳にはじわじわと涙がこみ上げてくる。

「いえ、そういう事例がないわけでもないですよ。それに、もしも国が駄目だと言ったならば、私が姫を攫《さら》ってさしあげます」

子どもらしくない物言いだが、その目はひどく真摯にクレアを見つめて、サディアスが優しく微笑《ほほえ》んだ。

「……？　サディアスの言ってること、むずかしい……」

「そーだそーだ、おまえの言うことは難しいぞ！」

ノエルとクレアは五歳も違うというのにどうしたことか、とサディアスが小さくため息をついたのは言うまでもない。

「だいじょうぶですよ。姫は何も心配なさらないでください。ですが、ほんとうに三人で結婚したいのですね？」

この馬鹿犬と？　という意味を言外に含み、サディアスがクレアに尋ねた。

「ずっとずっと、サディアスとノエルといっしょがいいの。おうじょだからダメ？　おうじょはずっとがまん？」

小さな王女は、その身分が重すぎるのだ。

失った母への愛情を持て余す幼い彼女にとって『ずっとそばにいる約束』はあまりに魅力的

だった。

「わかりました。では、このサディアスにお任せください。かならず、姫の願いをかなえてみせます」

「じゃあ、オレも！　オレも便乗するのだな……」

「貴様はなんでもかなえる！」

「ビンジョウって何？」

クレアは両手で涙をごしごしとこすり、少し目尻の赤くなった顔をあげて満面の笑みを見せる。

「ぜったいね、やくそくね。わすれないでね」

その約束が十一年後に果たされることなど、当時の彼女は知る由もないのだが――。

信頼が愛だとすれば、初めて会った瞬間からクレアはふたりを愛していたのかもしれない。

それとも成長にしたがって、恋心は育つものなのか。

どちらでもかまわなかった。恋の始まりがどこなのかを知るよりも、彼女はただ愛するふたりとずっと共に生きていきたいと願ったのだから。

ふと目を覚ますと、まだカーテンの外は暗い。

特注の大きな寝台の中央に横たわり、クレアは数秒前まで見ていた夢を思い出す。幼いころ、結婚の意味を知ったばかりのことだ。

「……わたしは、ずっとふたりのことを好きだったのね……。どちらかではなく、どちらもほしいだなんて、そんな自分を認められなくて恋心に気づかないふりをしていた……」

彼女の右隣にはノエルが、そして左隣には眼鏡をはずしたサディアスが、それぞれ健やかな寝息を立てて――。

「知っていましたよ」

「えっ⁉」

眠っているとばかり思っていたサディアスは、薄く目を開けて唇に笑みを浮かべた。

「サディアス、あの、知っていたって……。そ、それより、寝ていたのではないのですか？」

「姫のかわいらしい独り言で目が覚めました」

彼はいとしの花嫁を抱き寄せ、鼻先にキスをひとつ。

「んー……、なんだよ、サディアス……。姫を独り占めするのはずるいってー……」

そこにもうひとりの夫が寝ぼけて参加してくるから、クレアは前後から抱きしめられることになる。

「ノエル、寝ぼけていますね？」

「寝ぼけてない……。オレは姫を愛してる……」

これは間違いなく寝ぼけているとしか思えない。クレアは小さく笑って、肩にかかるノエルの息に身震いする。

「それで……サディアス、知っていたというのはほんとうですか？」

「ええ、もちろんです。私は姫のことなら、なんでも知っていたいと願っています」

曖昧な返事ではあるが、三人で結婚する方法を模索していたサディアスならば、ほんとうに知っていたとしてもおかしくはない。

「なにー、なんの話？　知ってたって何を？」

結局、ノエルも目を覚ましたらしく、まだあくびをしながら会話に参加してきた。

「いえ、その……サディアスは、わたしがずっとおふたりを想《おも》っていたことをご存じだったと言うので……」

「えっ⁉　ちょっと、何それ！　眠気が一気に醒《さ》めた！　サディアス、なんで知ってたの？」

逆にまったく何も知らなかったらしいノエルにも、ある意味で尊敬の念を禁じ得ない。少しなりとも気づいてくれてもいいような気がしてきた。

「私はなんでもお見通しなのです」

薄暗い室内で、サディアスがクレアに向かって微笑みかける。ノエルは彼を胡散臭そうに見つめてから、ふーっと大きく息を吐いた。

「ま、そんなのあとからいくらでも言えるよね」

「負け犬の遠吠《とおぼ》えなど、私にはとてもできんぞ」

「そんなこと言ってないだろ！　あっ、じゃあ、なんでもお見通しなら今日の朝食のメニューは？　当てたら信じてやる！」

むきになったノエルが、クレアをぎゅうっと抱きしめてサディアスに尋ねる。

「わかった、貴様がじょうずにお手をできたら教えてやろう」

「ふざけんな、オレは犬じゃないぞ！」

相変わらずのふたりは、クレアを挟んで賑《にぎ》やかに言い争う。

いとしくて、ときどき泣きたくなるほど愛するサディアスとノエル。そのどちらが欠けても、クレアは幸せになどなれなかっただろう。

だが今は、寝起きでじゃれあうふたりがあまりにかわいくて、思わず彼女はノエルを振り向いた。

「……ノエル、お手」

冗談のつもりで手のひらを向けると――。

「わん！」

ちょん、と彼女の手の上にノエルが右手を乗せた。

――どうしよう、ほんとうにやってくれるとは思わなかったのだけど……。

その姿を見つめて目を瞬《しばたた》かせるクレアと、自分のしたことに気づいて次第に頬を赤く染めていくノエル、そして完全に沈黙していたサディアスが大きくため息をついた。

「………貴様、姫相手だからといって、犬の真似《まね》までするとは……。人間の矜持はないのか、矜持は！」

「あああっ、うるさいな、もう！　ついやっちゃったんだよ。仕方ないだろ、寝起きに姫のかわいい顔なんか見ちゃったら！」

未明、王女の寝室からは楽しげな笑い声が響く。

愛されすぎた王女は、誰よりも幸せな花嫁になり、永遠に愛を誓うふたりの男性に抱きしめられていた。

「姫も姫だよ。オレが姫に逆らえないの知ってるくせにー」

「ごめんなさい、ノエル。あんまりかわいくて、つい……」

「甘やかしてはいけませんよ、姫。そういうのはかわいいではなく、頭が悪そうというのです」

「サディアス、おまえなあ……」

未来永劫《みらいえいごう》、終わることのない愛に包まれて、クレアはもう一度目を閉じる。

朝はまだ遠い。

今日もきっと、三人で過ごす幸せな一日になるだろう。

望んだものは、たったひとつ。

大好きなふたりと、ずっとずっとそばにいられますように——。

彼女の願いは、いつでも愛するふたりが叶《かな》えてくれる。そんな愛情で、世界はいつも動いているのだから、なんの問題もないのだ。

あとがき

こんにちは、麻生ミカリです。蜜猫文庫ではお初にお目にかかります。

このたびは『トリニティマリッジ　愛されすぎた花嫁姫』を手にとっていただき、ありがとうございます。

タイトルから推察いただけるとおり、三人の恋模様のお話です。ヒーローがひとり増えることで、好きな設定を二倍盛り込むことができるという、すばらしき3Pの世界！　今回も、大好きな設定をもりもり詰め込んで、楽しく執筆させていただきました。読んでくださる方にも楽しんでいただけたら光栄です。


ヒーローその一、サディアスは、当初からメガネキャラでいこうと決めていました。黒髪、メガネ、策士、神学者。恋敵《ノエル》には口が悪くて、クレアにだけ優しいお兄さんタイプの予定だったのですが、名前から漂うSっぽさが起因してか、ベッドではなかなかに姫を困らせてくれるキャラになりまして……。でも、サディアスはSを装っているけれど、本質的にMな気もするのです。好きな子をほかの男と共有したり、ほかの男に抱かせておきながらそのことを責めつつプレイに励んだり、そんな状況を堪能してそうです。今回、ノエルとクレアが素直キャラだったので、変態気質はすべてサディアスに引き受けてもらいました。初夜、彼がクレアの部屋へ遅れて来たのも、おそらくは策略だったのでは、と……！

ヒーローその二、ノエル。サディアスがちょっとSっぽい方向だったので、反対に素直でかわいい人を目指しました。人たらしのワンコくん、ふわふわ金髪でちょっとおバカな感じ……のはずだったのですが、気づけばだいぶおバカキャラが立っております。作中であまり書けなかったのですが、ノエルはかわいい顔のわりに軍人ですので、体はけっこうムキムキなイメージかもしれません。クレア共々、サディアスの策にハマっているように見えつつ、ノエルはどんな状況も楽しめてしまうタイプ。じつはこの三人ではもっとも性的に自由度の高い人です。でもちなみにノエルのお父さん、ブライアンが本作でのひそかなお気に入りキャラです。でもブライアンみたいな男性は、恋愛小説のヒーローに据えるのは難しいので、ヒーロー父として書かせていただきました。脳筋親子、書いていて楽しかったです。

そして、ふたりのヒーローに翻弄されるヒロイン、クレア。男性キャラふたりが先に性格まで決まっていたのに対し、クレアはギリギリまで迷って決めた感じでした。キャラデザをいただいてから、「よし、これだ！」と定まったように思います。困り眉の女の子が大好きです！

クレアには、あまり強い個性はありません。だからこそ、そんなクレアがふたりのヒーローに愛されることで自信を持ち、自らの意志で三人での結婚を宣言できるようになる場面を描きたいと思いました。クレア、成長できていたでしょうか？

イラストを担当くださったアオイ冬子先生、いつもながら魅力的な表紙にワタクシ、一撃でノックアウトされております！

アオイ先生は、いつも細やかな描写をしてくださるのですが、今回の表紙イラストではサディアスとノエルの襟や袖口の紋章が統一されているのです。さあ、もう一度表紙を見てください！　ね、同じ紋章でしょう？　いえ、わたしが自慢することではないのですが、王女の夫となるふたりに、王族の一員たる紋章のついた衣服を着せてくださるアオイ先生の繊細な設定に感動したので、声を大にして言いたかったのです！

さらに言うと、作中の三つ編みネタは、キャラデザでノエルの髪に編み込みがあったのを見て追加しました。三つ編み男子、かわいいです。ひそかに三つ編みが得意なサディアスもかわいいです。クレアの髪を左右から三つ編みするサディアスとノエルとか、想像するだけでニヤニヤが止まりません。アオイ先生、ステキなイラストをありがとうございました！

最後になりましたが、この本を読んでくださったあなたに最大級の感謝を込めて。

蜜猫文庫さんの愛読者さまでしょうか？　それとも、書店で表紙に惹かれてお手にとってくだきったのでしょうか?　あるいは、もしかして麻生の他作品をご存じで購入くださった方もいらっしゃるのでしょうか?　きっかけはわかりませんが、こうしてあとがきまでお付き合いくださったことに、心よりお礼申しあげます。

またどこかでお会いできる日を願って。それでは。

二〇一五年　照りつける太陽の土曜に　麻生ミカリ

Mitsuneko Label

蜜猫文庫をお買い上げいただきありがとうございます。
この作品を読んでのご意見・ご感想をお聞かせください。
あて先は下記の通りです。

〒102-0072　東京都千代田区飯田橋 2-7-3
(株)竹書房　蜜猫文庫編集部
麻生ミカリ先生 / アオイ冬子先生

トリニティマリッジ
～愛されすぎた花嫁姫～

2015 年 8 月 29 日　初版第 1 刷発行
著　者　麻生ミカリ　©ASOU Mikari 2015
発行者　後藤明信
発行所　株式会社竹書房
〒102-0072 東京都千代田区飯田橋 2-7-3
電話　03(3264)1576(代表)
03(3234)6245(編集部)
デザイン　antenna
印刷所　中央精版印刷株式会社

Printed in JAPAN
ISBN978-4-8019-0441-5　C0193
この作品はフィクションです。実在の人物・団体・事件などには関係ありません。